Un girasol en Kiev

1.ª edición: febrero 2023

© Del texto: Ana Alonso, 2023
© De las ilustraciones: Luis F. Sanz, 2023
© De las fotografías e ilustraciones del dosier: iStock/GettyImages (Cn0ra, evrim ertik, Giorgio Barchetti, Ivan Yarovyi, Jakub Laichter , Marina Nuxoll, Melpomenem, Mihajlo Maricic, Natalia Shabasheva, seb_ra, sqback, StudioU, Tonktiti, VectorBird)
© Grupo Anaya, S. A., 2023
Juan Ignacio Luca de Tena, 15. 28027 Madrid
www.anayainfantilyjuvenil.com
www.pizcadesal.es

Diseño:
Miguel Ángel Pacheco, Javier Serrano
Patricia Gómez Serrano

ISBN: 978-84-143-3556-7
Depósito legal: M-354-2023
Impreso en España - Printed in Spain

Reservados todos los derechos. El contenido de esta obra está protegido por la Ley, que establece penas de prisión y/o multas, además de las correspondientes indemnizaciones por daños y perjuicios, para quienes reprodujeren, plagiaren, distribuyeren o comunicaren públicamente, en todo o en parte, una obra literaria, artística o científica, o su transformación, interpretación o ejecución artística fijada en cualquier tipo de soporte o comunicada a través de cualquier medio, sin la preceptiva autorización.

Ana Alonso

Un girasol en Kiev

Ilustraciones
de Luis F. Sanz

A Alina Kozelkova y a su madre Valentina, de Kiev.

Capítulo 1

—Cuatro días —dijo mi madre contemplando pensativa la galería desierta—. Cuatro días más y a desmontar. No ha sido tan mala la experiencia, ¿a que no, Alma?

Paseé la mirada sobre los cuadros de gran formato que colgaban de las paredes de la galería. Allí seguían todos: la rama gigante de buganvilla flotando vertical en un cielo estrellado, la adelfa polvorienta en una isleta de carretera, un suelo con pétalos de azahar y hojas pisoteadas... «Las flores de Marina Elvas, a la vez hiperrealistas e imposibles, parecen caer sobre la realidad cotidiana como aerolitos de una belleza alienígena». Eso lo escribió un crítico en el periódico *El País.* No sé si es bueno o malo. Lo que es seguro es que los «aerolitos de belleza alienígena» no han tenido mucho éxito aquí, en Kiev. Mejor dicho... no han tenido ninguno.

El día de la inauguración, se me acercó una mujer de pómulos hinchados por alguna intervención estética y labios anormalmente gruesos. Llevaba tacones y un vestido verde eléctrico muy raro, que debía de haber comprado en algún desfile de moda.

—Decepcionante —me dijo en inglés—. Debería aprender de Georgia O'Keeffe.

No sabía que yo era la hija de la pintora, claro.

—Georgia O'Keeffe nos gusta mucho —le contesté rápidamente—. Pero Marina Elvas tiene su propio estilo. No necesita imitar a nadie.

La mujer me dirigió una mirada de curiosidad, arqueó las cejas y me dio la espalda, dando por terminada la conversación.

Me sentí bien conmigo misma por haberle contestado tan deprisa. Al menos, los cuatro meses de pesadilla que he estado en Nevada me han servido para algo. La mejora de mi inglés ha sido directamente proporcional al empeoramiento de todo lo demás, empezando por mi autoestima. Bueno, da igual. Se terminó. Sé que todo el mundo lo ve como un fracaso porque... porque es un fracaso y no tiene otro nombre, pero tampoco me voy a tirar al Dniéper por esto. El mundo está lleno de gente que fracasa y a pesar de todo sigue adelante. Me siento mal sobre todo por mi padre, tan orgulloso como estaba por tener una hija estudiando primero de Bachillerato en Estados Unidos... Si hubiera sido por él, me habrían dejado allí hasta final de curso. Menos mal que mamá se apiadó de mí.

Cuando llegué a Madrid el cinco de enero, después de trece horas de vuelo y tres escalas, me los encontré a los dos esperándome en el aeropuerto. ¡Qué raro se me hizo! Creo que no los veía juntos desde... ¿Desde los ocho años? Probablemente, sí. Desde el verano que se separaron.

Me recibieron los dos con muchos abrazos y muestras de alegría, pero papá estaba rígido, se le veía incómodo. Me

imaginé la conversación entre ellos mientras me esperaban. Habría derivado en una discusión, seguro. Mi madre habría dicho con suavidad cosas terribles sobre mi padre, y él habría perdido los estribos y habría gritado delante de todos, y la gente se habría vuelto a mirar en el aeropuerto, compadeciendo a la mujer que tenía que soportar aquello, y él se habría callado, avergonzado y torpe, hirviendo de ira por dentro, convencido de que el mundo entero se ha vuelto contra él.

Esa discusión no la escuché, y ni siquiera sé a ciencia cierta si se produjo o no, pero sí oí una parte de otra parecida, la que tuvieron cuando a mamá se le ocurrió traerme a Kiev, aprovechando que ella tenía que venir para la exposición.

Yo estaba pasando el fin de semana en casa de papá, porque me tocaba. Ha alquilado un apartamento en la zona del Reina Sofía, con una habitación bastante chula para mí, pero la verdad es que me da pereza cada vez que tengo que hacer la maleta para irme con él. No porque no quiera verlo... Es que, cuando me toca en su casa, él está todo el tiempo estresado, pensando que tenemos que hacer cosas especiales y únicas, como pedir la cena a la mejor pizzería de Madrid, o ir al cine a ver una película en versión original, o a patinar sobre hielo... No hay manera de que me deje quedarme tranquila en casa viendo Netflix o pasando Instagram o charlando con mis amigas por WhatsApp. Cada fin de semana se convierte en una especie de yincana que me deja agotada, deseando volver a casa de mamá y a la rutina de los días de diario.

Pero, volviendo a la discusión... Estábamos en el coche buscando aparcamiento, porque llegábamos tarde a la presentación de una novela gráfica que distribuye la empresa en la que trabaja papá. Él allí es un pez gordo, está muy bien considerado, y me había prometido que la autora, Paula Bonet, me firmaría un ejemplar y se tomaría algo con nosotros. Entonces entró la llamada de mamá. Papá conectó el manos libres.

—Alma te está oyendo —avisó en tono desagradable—. ¿Qué ha pasado?

—Nada. ¿Te acuerdas de lo que comenté de una exposición en Kiev? Ha salido. ¡Es para ya! Tengo el tiempo justo para embalar la obra y enviarla.

—Me alegro por ti. Ahora no puedo mirar el calendario, ¿vale? Ya nos organizaremos. Tengo un par de viajes al norte, pero Alma se puede quedar en casa de mi madre.

—No, Emilio. No es eso. Lo que quiero plantear... si Alma quiere... es que se venga conmigo.

—¿A Ucrania? ¿Un mes en pleno curso? Sí, Marina, sí. Una idea genial.

—Emilio, Alma ya ha perdido el curso. Al menos, será una experiencia diferente... enriquecedora.

Mi padre acababa de localizar un hueco para aparcar y estaba empezando la maniobra. Eso le distrajo.

Al ver que no contestaba, mamá se dirigió a mí:

—Alma, ¿te apetecería ir?

—No sé. Supongo —contesté.

—Qué entusiasmo...

Mi madre parecía decepcionada.

Papá me miró de reojo.

—¿Es que nada te interesa? Tu madre te está proponiendo pasar un mes en una de las grandes capitales europeas, en un ambiente artístico... ¿Eso también te parece absurdo? ¿Como lo de América?

—Déjala, no te metas con ella —dijo mi madre a través del manos libres—. Si no quiere venir, que no venga. Solo era una idea. Ya hablaremos.

Me sentí fatal, como siempre que discuten por mi culpa. Parece que tengo el don de decepcionarles a los dos por igual. Es lo único en lo que están de acuerdo. No me intereso lo suficiente, no me esfuerzo lo suficiente, no disfruto lo suficiente... Haga lo que haga, nunca estoy a la altura de lo que esperan de mí.

Al final decidí venir a Kiev. Me apetecía conocer la ciudad y todo eso, pero, sobre todo, me horrorizaba la idea de quedarme escuchando los reproches de papá y participando en sus yincanas culturales durante un mes seguido, así que lo tuve claro desde el principio.

Venir ha sido buena idea, tengo que decirlo. Mamá y yo lo hemos vivido como unas vacaciones raras, fuera de temporada, sin turistas. Mamá se pasa por la galería una hora todos los días, pero, aparte de eso y de las entrevistas que concedió al principio, no tiene nada que hacer, así que nos dedicamos a pasear, a ver museos, a explorar cafés y restaurantes y a estar tranquilamente en el apartamento que le han cedido para quedarse, y que es precioso. Yo he aprendido unas diez palabras en ucraniano, pero con el inglés me defiendo muy bien. Mamá, como está aprendiendo ruso para comunicarse mejor con Nikolai, su novio, se hace entender todavía mejor, porque el ruso y el ucraniano se parecen bastante.

Nikolai es humorista gráfico y vive en San Petersburgo. Mamá y él se conocieron en el Hay Festival de Cartagena de Indias. No me extraña que conectaran. Son los dos muy parecidos: todo les ilusiona, todo les da ideas para pintar o dibujar o hacer un cartel, o una *performance,* o una acción artística urbana... Viven en su burbuja de tinta y pinceles, y con eso son felices. Nikolai hace unas comidas muy raras, pero están bastante ricas. No intenta decir cosas ingeniosas ni «jóvenes» para hacerse el simpático conmigo. Eso es muy de agradecer. Además, veo a mamá tan relajada cuando están juntos... ¿Cómo no va a caerme bien? Con papá, ella nunca estaba así.

—Me han propuesto prorrogar quince días más, pero no creo que merezca la pena —continuó mamá después de enderezar uno de los cuadros, que se había torcido—. Aquí no voy a vender más.

—No ha salido muy bien, ¿verdad? —me atreví a preguntar.

Se encogió de hombros.

—Bueno... La experiencia en sí misma ha valido la pena. Y las pocas críticas que se han publicado han sido positivas. El girasol está vendido, y me han encargado otro. Aquí les encantan los girasoles. Y el de las amapolas... No está cerrada la venta, la compradora es una rusa, y ahora mismo hay tanta tensión... Pero se venderá seguro.

—Entonces, ¿has ganado dinero?

Mamá no sabe mentir. O no quiere.

—Lo justo para que todo esto no haya sido una ruina. Pero no pasa nada, Alma. Tampoco es que tuviera grandes expectativas. Y hemos pillado un momento tan malo... La gente está preocupada por las amenazas de Putin. No hay alegría compradora porque todos temen por el futuro.

—Pero no va a pasar nada, ¿no?

Mamá no contestó. Quizá no me oyó. Había bajado al sótano a apagar las luces. Era hora de cerrar. Regresó con las parkas en la mano y me tendió la mía. A través de los cristales de las ventanas, que estaban pegadas al techo y eran muy amplias, se filtraba el resplandor mortecino de la luna.

Nos pusimos las parkas y abrí la puerta. El aire congelado de la noche nos abofeteó el rostro.

—No creo que Putin esté tan loco como para atacar Ucrania. Pero Nikolai cree que podría hacerlo. Y tu padre también. De todas formas, nadie lo sabe. Y pueden pasar meses hasta que la situación se aclare un poco. Por eso, Alma, había pensado... Hace más de tres meses que no veo a Nikolai. Y ahora estamos tan cerca...

—Bueno, no tan cerca, mamá. Mira un mapa...

Íbamos caminando deprisa por las calles de cuento del barrio de Vozdvyzhenka. Son todo casas del siglo XIX pintadas de colores alegres. A la luz de las farolas, parecía todavía más irreal que de costumbre. Normalmente se ve a muy poca gente caminando y no hay casi coches. Es la zona más cotizada de Kiev, pero no vive casi nadie. Los propietarios de esas casas de colores pastel son casi todos oligarcas ucranianos y rusos que se pasan la mayor parte del año en el extranjero.

—Mucho más cerca que cuando estamos en Madrid —insistió mi madre—. Y hay vuelos muy baratos. Por eso... ¿qué te parece si, antes de volver a casa, pasamos una semana en San Petersburgo, en casa de Nikolai?

—Pero ¿y los cuadros?

—Los envío directamente a Madrid. Ya estaremos de vuelta para cuando lleguen. Lo he hablado con mi galerista,

se puede hacer sin problemas. ¿Qué te parece, Alma? ¿No te apetece conocer Rusia?

—No sé. Supongo...

No era la respuesta que ella esperaba, claro. Pero no podía mostrarme más ilusionada, porque no me gusta ser falsa. Todo aquello del conflicto entre Ucrania y Rusia me sonaba muy peligroso. ¡Vaya momento para ir a San Petersburgo!

Mamá debió de adivinar lo que estaba pensando. Es la persona que mejor me conoce.

—No te preocupes, no va a pasar nada —me tranquilizó—. Y, si no quieres que vayamos, no vamos.

—Pero tú quieres ver a Nikolai...

—Bueno, lo pensamos tranquilamente y en estos días lo decidimos.

Seguimos caminando en silencio por aquellas calles que parecían sacadas del decorado de un musical antiguo. Lo único de verdad, allí, era el frío.

Más tarde, en casa, no volvimos a hablar del posible viaje. Mamá tenía llamadas que hacer, y yo aproveché para ponerme al día en Instagram. Después de cenar, estuvimos viendo una serie en Netflix. Solo al meterme en la cama me acordé del plan de mamá. En ese momento, no me pareció tan malo. Todo el mundo dice que San Petersburgo es una ciudad increíble. Y mamá se merecía unos días con Nikolai después del fracaso de la exposición. Necesitaba reponer fuerzas.

Me levanté tarde, porque tardé mucho en dormirme. Mamá estaba escuchando la radio en el móvil mientras el pan se calcinaba en la tostadora y el café se enfriaba sobre la mesa. Todavía llevaba puesto el pijama y el pelo recogido. Estaba muy pálida.

—Mamá, sí quiero ir a San Petersburgo. Me apetece un montón.

Sus ojos se posaron en mí extraños, inexpresivos.

—Demasiado tarde, Alma —dijo—. No creo que podamos ir. Rusia ha invadido Ucrania. Estamos en guerra... Dicen que vienen hacia Kiev.

Capítulo 2

—No consigo hablar con Dmitri —dijo mi madre posando el móvil sobre el mantel de cuadros verdes y blancos de la mesa de la cocina—. No consigo hablar con nadie.

Dmitri es su galerista en Kiev. Él nos buscó este apartamento y ha corrido con los gastos a cambio de que mi madre dé unos talleres de cartelismo los sábados en otra galería que tiene. Si alguien podía ayudarnos, era él... Pero seguramente estaba demasiado ocupado ayudándose a sí mismo. «Es lo que pasa cuando estás en una guerra», pensé. «Es el sálvese quién pueda». Recuerdo estar pensando aquello con las manos apoyadas en el mantel de la cocina y una sensación total de irrealidad.

Me sobresalté al notar la mano helada de mi madre sobre la mía. Se acababa de sentar a mi lado.

—No tengas miedo, Alma —me dijo—. Esto es cuestión de horas, de un par de días como mucho. Ucrania no podrá hacer frente a los rusos durante más tiempo. Es David contra Goliat. No tiene nada que hacer.

—Entonces, ¿por qué no se rinden de una vez? —No pretendía gritar, pero mi voz sonó alta y estridente en la desangelada cocina—. Si no pueden ganar, ¿a qué están esperando? ¡Que se rindan ya! Cuanto más tarden, más gente morirá. ¿Es eso lo que quieren?

—Ellos no han elegido esta situación —contestó mi madre serena—. Todavía estarán decidiendo qué hacer. No sé, Alma, yo no sé nada de la política de aquí. Pero seguro que todo acabará pronto.

—Hay una columna de tanques que viene hacia Kiev. ¿Qué va a pasar cuando lleguen? ¿Van a matarnos?

Estaba temblando. Aquella voz quejumbrosa no me parecía la mía. Era la voz de una cría asustada. Mamá me abrazó.

—Nadie va a matarnos, hija. Es normal que tengas miedo, yo también lo tengo. Pero estamos en el siglo XXI y en Europa. Putin tendrá buen cuidado de no causar muertes indiscriminadas. Ya verás; los tanques ni siquiera llegarán a Kiev. Ucrania se rendirá antes.

—Y entonces ¿qué? ¿Pasará a formar parte de Rusia?

Mamá se encogió de hombros.

—Pondrán un gobierno títere, supongo. Uno que se deje manejar desde Moscú. La vida volverá poco a poco a la normalidad... pero sin democracia, claro. Eso, para este país, se acabó.

Sonó mi teléfono con el tono que tengo asignado a mi padre. Descolgué rápidamente.

—¡Papá!

No pude decir nada más. Rompí a llorar. Se me escapaban sollozos extraños, y no podía dejar de pensar en lo que estaría sintiendo mi pobre padre al escucharme llorar así desde Madrid, pero eso no me ayudaba a parar, al contrario.

Parecía que se hubiese roto la compuerta de un embalse y estuviesen saliendo millones de litros de miedo y tristeza a la vez.

Al otro lado de la línea, papá me decía cosas incoherentes para tranquilizarme.

—No pasa nada, cariño. Todo está bien. Mi niña es fuerte. Alma, corazón, no llores. Todo va a salir bien. Confía en mí. Confía en tu padre.

Poco a poco, los sollozos fueron espaciándose. Mamá alargó el brazo y pulsó el icono del manos libres.

—Estamos bien, Emilio —dijo—. Es solo que Alma está preocupada. De momento, aquí está todo tranquilo.

Pero tenía lágrimas en los ojos. Se las limpió con el dorso de la mano.

—He estado intentando comprar los billetes —mi padre alzó la voz para que las dos le oyésemos bien—. No hay nada. He intentado vía París, Berlín, Londres... Nada.

—Ya, ya lo sé. Y trenes tampoco. Pero en unos días la cosa se irá normalizando.

—¿Has hablado con tu galerista, Marina?

—No me coge el teléfono. Y los teléfonos de la embajada, colapsados.

—Normal. He estado hablando con un colega del trabajo que conoce bien el país. Dice que lo mejor que podéis hacer es conseguir un coche para ir por carretera a la frontera occidental y pasar a Polonia.

—Pero eso es un poco exagerado, ¿no? —Noté el tono exasperado de mi madre. Es su reacción cada vez que papá intenta organizarle la vida—. Además, están los cuadros. Tendría que alquilar una furgoneta grande para llevarlos.

—No lo dirás en serio. ¿Lo dices en serio? —Una carcajada seca, mordaz, vibró en el teléfono—. No cambiarás nunca. Ni una guerra puede con la gran Marina Elvás. La artista por encima de todo...

—Emilio, por favor. No es momento para esto. Trato de ser práctica y pensar en todo. Es el trabajo de tres años. No lo voy a dejar aquí tirado. Las cosas no están tan mal como para eso. En un par de días, Rusia controlará todo el país y las cosas irán normalizándose.

—Eres muy optimista, ¿no? Es una guerra, Marina, una guerra de verdad. No es una manifestación chupi ni una movilización guay de las que tanto te gustan. Es una guerra.

—¿Por qué tienes que aprovechar cualquier oportunidad para insultarme? ¿Tú crees que eso nos ayuda en un momento así?

Se hizo un breve silencio al otro lado.

—Perdona, es que estoy nervioso —dijo mi padre al final, ya en otro tono—. No quiero que os pase nada. Voy a seguir mirando lo de los vuelos.

—A lo mejor podríamos intentar coger un taxi al aeropuerto y ver si conseguimos algo. Por lo menos, para Alma —dijo mi madre.

—No, ni se os ocurra. El aeropuerto podría ser un objetivo.

—¿Quieres decir que... lo pueden bombardear? —pregunté.

—Bueno... es una posibilidad remota, pero todo puede pasar. Por si acaso, no vayáis de momento. No hasta que pasen unas horas y se aclare un poco el panorama. Voy a ver si me informo mejor. En cuanto sepa algo, os llamo otra vez. Alma, tú llama cuando quieras. Cuídala bien, Marina.

—Gracias por la idea —replicó mamá—. No se me había ocurrido...

Se despidieron así, con el mismo frío irónico de siempre. Por lo visto, ni la guerra podía cambiar eso.

En el salón del apartamento había una tele, pero no tenía más que los canales locales. Mamá y yo fuimos al salón y nos pasamos las siguientes dos horas mirando la pantalla embobadas. No entendíamos ni una palabra, pero las imágenes de fuego, bombas y destrucción que aparecían necesitaban poca traducción.

—Es lejos de aquí, en el Donbás. Aquí no llegará —repetía mi madre de vez en cuando, aunque cada vez con menos convicción.

Al final, ya no decía nada. Mirábamos hipnotizadas la sucesión de imágenes de edificios derrumbados, muertos en las calles, sirenas y gente corriendo. Las voces angustiadas de los locutores hablando en ucraniano se me incrustaron en el cerebro. No sé cuánto tiempo estuvimos así. En algún momento, miré hacia la ventana y vi que estaba oscuro. Empezaba a anochecer. En Kiev anochece muy pronto durante el invierno.

El sonido del timbre nos sacó de aquel letargo. Mamá se levantó del sofá como movida por un resorte.

—Dmitri —dijo—. Por fin...

Fui detrás de ella al recibidor. Pero, cuando abrió la puerta, resultó que no era Dmitri, sino la vecina de la puerta de enfrente. Habíamos coincidido algunas veces en el rellano, esperando el ascensor. Era una mujer mayor y muy elegante, de manos finas y delicadas. Siempre iba arreglada, y tenía un perro pequeñajo con un ladrido molesto, pero bastante mono.

El perro debía de haberse quedado en la casa. Se le oía ladrar a su dueña, como quejándose por sentirse excluido. La mujer llevaba puesto un abrigo de piel que me pareció auténtica.

—Buenas tardes —dijo en un inglés perfecto—. Me conocen, ¿verdad? Soy su vecina Olga. Venía a ver si estaban bien.

—Sí, sí, estamos perfectamente. Gracias por preguntar —contestó mi madre—. ¿Y usted está bien? ¿Necesita algo?

—Sí, justo ahora voy a acercarme al supermercado. Necesito comida para Leo y algunas otras cosas. A ver si encuentro algo, seguro que han arrasado con todo... Me daré prisa, tengo que estar de vuelta antes del toque de queda. Han decretado el toque de queda, ¿lo sabíais?

Mamá y yo dijimos que no lo sabíamos.

Olga asintió satisfecha.

—Ya me imaginaba. Por eso he llamado. Si necesitáis algo, podéis venir conmigo al supermercado. Si es poco, os lo puedo traer yo.

—Para hoy no necesitamos nada. Mañana por la mañana iré yo a comprar, pero muchas gracias.

Olga miró a mi madre con una sonrisa de compasión.

—Mañana a lo mejor es demasiado tarde, querida. Puede agotarse todo. O pueden decretar el toque de queda también por el día. ¿Sabéis dónde están los refugios? El sótano de aquí es pequeño, pero tenemos la boca de metro a la vuelta de la esquina. Creo que lo más seguro será ir a la estación de metro. Estará abierta toda la noche, por si suenan las sirenas.

—Bueno, no creo que eso pase —dijo mi madre.

Olga le puso su mano enguantada en el brazo.

—Querida, eso ya está pasando. Y aquí también pasará. ¿Cómo os llamáis, por cierto?

—Yo, Marina.

—Alma.

La anciana sonrió.

—Muy bien. Ahora ya somos vecinas oficiales. En tiempos de guerra, los vecinos tenemos que ayudarnos. Alma, te traeré unas galletas ricas y una tableta de chocolate. Yo creo que lo necesitas. A ver si les queda...

Balbuceé unas palabras de agradecimiento, y ella se volvió para pulsar el botón del ascensor. Mamá y yo nos quedamos mirándola mientras lo oíamos subir.

Cuando la puerta se estaba abriendo y Olga se disponía a entrar en el habitáculo, no sé por qué le solté la pregunta.

—¿Por qué no se han rendido ya? —dije—. ¿Cuántos días va a durar esto?

Olga se volvió a mirarme. Ya no sonreía.

—¿Horas? Esto puede durar meses, o años. ¿Crees que Ucrania se va a rendir? No tienes ni idea. Nadie lo entiende, nadie. Ni Europa ni los Estados Unidos... No vamos a rendirnos, Alma. No podemos permitirnos ser débiles. Putin nos aniquilaría. No, querida. Esto va para largo... Los ucranianos vamos a resistir.

Capítulo 3

Estaba soñando que me encontraba a bordo de un barco, un barco antiguo, de vapor. Íbamos a zarpar, las sirenas sonaban, y el humo blanco de las chimeneas nos envolvía en la cubierta. Mamá y yo nos estábamos despidiendo de alguien que agitaba un pañuelo en el muelle. Pero no podía verle la cara. Él estaba muy triste, pero yo no. Solo deseaba que el barco se alejase del muelle cuanto antes. Adentrarme en el mar, partir...

—¡Alma, vístete, deprisa! Hay que bajar al refugio.

Abrí los ojos. El corazón me latía con tanta fuerza que me hacía daño. Estaba sentada en la cama, deslumbrada por la luz que mi madre acababa de encender.

El sueño había terminado de golpe, pero aún podía oír las sirenas. El sonido era grave y ensordecedor, muy lento, como un mugido mecánico que subía de tono para luego descender durante varios segundos hasta fundirse con los ruidos lejanos del tráfico.

—¿Nos van a matar? —fue lo primero que me salió.

—No. Vístete. Hay que bajar al metro.

Mamá se estaba abrochando los vaqueros, descalza todavía. Evitaba mirarme. Ella también tenía miedo.

Habíamos visto en internet una traducción al inglés de las directrices que había dado el alcalde de Kiev a la población en caso de bombardeo. Todos debíamos tener una maleta pequeña o una bolsa de viaje preparada con lo básico para llevar a los refugios, porque no se sabía cuánto tiempo habría que permanecer allí. Nosotras habíamos preparado un maletín de cabina para las dos con pijamas, ropa interior y camisetas térmicas, además de un par de jerseys. Estaba abierta en el suelo del salón. Metimos los cepillos de dientes y el dentífrico. En una bolsa de plástico teníamos botellas de agua, cuatro manzanas y un paquete de barritas energéticas.

La sirena volvió a sonar. Su vibración profunda hizo temblar los cristales.

—No te olvides de coger mascarillas —me dijo mamá.

En el rellano, el perrito de Olga ladraba histérico, pero cuando abrimos la puerta ya habían bajado los dos en el ascensor.

Cuando salimos del edificio, estaba lloviendo. Un viento helado agitaba las ramas desnudas de los árboles. Había varias decenas de personas en la calle. Algunos estaban de pie, esperando; otros caminaban deprisa hacia las bocas del metro. Casi nadie hablaba.

En las escaleras del metro, un hombre daba instrucciones en ucraniano.

—No entiendo —le gritó mi madre.

—Calma —dijo el hombre en inglés—. Bajen despacio. Hay sitio.

Después supimos que casi todos los vecinos se quedaban en los sótanos de sus inmuebles durante las alarmas. Aun así, las escaleras del metro estaban llenas.

Acabábamos de llegar a los tornos de abajo cuando se oyó una explosión. Una niña chilló, y después una mujer. Se oyeron voces serenas intentando apaciguar al resto. Bajamos con todos los demás a uno de los andenes. Había mucha gente ya. Estaban situándose en colchones, en mantas... Nosotras no teníamos nada.

—¡Marina! ¡Aquí! —Olga nos estaba haciendo señas desde el fondo del andén.

Fuimos hacia ella. Había extendido una gruesa manta de cuadros en el suelo, y se había sentado en ella muy erguida, con las piernas cruzadas, como en postura de meditación. El perro, a su lado, la contemplaba jadeante.

Olga señaló la manta, invitándonos a sentarnos.

—El suelo está frío. Aquí estaréis cómodas —dijo.

Se bajaba la mascarilla quirúrgica cada vez que hablaba. Yo llevaba una ffp2. Me había acostumbrado tanto a ellas desde el comienzo de la pandemia que me las ponía aunque saliese sola a la calle. Además, quitaban el frío... Pero, en ese momento, sentía que me faltaba el aire.

—Tengo asma, por eso necesito quitarme a veces la mascarilla —se justificó Olga guiñándome un ojo.

Me pregunté si era verdad. Pero enseguida me olvidé del asunto, porque estaban sonando otra vez las sirenas.

Intenté encontrar una postura cómoda sobre la manta de Olga.

—Puedes tumbarte si quieres e intentar dormir —me dijo ella—. Vamos a estar aquí toda la noche.

Eran solo las dos de la mañana. Cerré los ojos, me tumbé con la cabeza acurrucada en el regazo de mi madre, que seguía sentada, y procuré respirar despacio para tranquilizarme. Cada vez que sonaban explosiones a lo lejos, un murmullo sofocado recorría la multitud del andén. Hasta los niños lloraban en silencio.

Al cabo de un cuarto de hora me senté de nuevo. Sabía que no iba a dormirme, y seguramente le estaba haciendo daño a mamá.

Bebí un poco de agua. Me puse a mirar el móvil, pero allá abajo no había cobertura. Me fijé en una familia que teníamos muy cerca. El niño pequeño, de unos dos años, estaba tumbado en uno de los bancos del andén y se había quedado profundamente dormido. La hermana mayor, que tendría cinco o seis años, lloraba sin hacer ruido, y temblaba de pies a cabeza. Los padres la hablaban en susurros, le acariciaban el pelo, le cogían la mano, pero era como si no los viera.

—Está aterrorizada, pobrecilla —dijo Olga.

Mamá abrió la cremallera de su bolso gigante y sacó la libreta de dibujo que siempre lleva encima.

Se acercó a la niña con una sonrisa y abrió la libreta delante de ella.

—Mira —dijo en español—. Son flores. ¡Me encanta dibujar flores! ¿A ti te gustan las flores? Kvity. Mira. Rosas. Troyandy. Son bonitas, ¿verdad? Y qué bien huelen.

Mi madre aspiró fuerte con la nariz, haciendo como que olía una rosa imaginaria. La niña había dejado de temblar y la miraba con interés. No entendía el español, pero sí los nombres de las flores en ucraniano que mi madre iba pronunciando. Se los había aprendido de tanto mirar los rótulos de la exposición.

—Mira. Esto es una violeta. Fioletovyy. Qué color más delicado... ¿Y esto? ¿Sabes qué es?

La niña miró con atención el dibujo que mi madre le mostraba.

—Sonyashnyk —dijo sonriendo con los ojos por encima de su mascarilla floreada.

Mi madre aplaudió, y los padres de la niña también.

—¡Sonyashnyk! ¡Muy bien! ¡Girasol! ¿Quieres decirlo en mi idioma? Es muy fácil. Repite conmigo. ¡Girasol!

—Girasol —repitió la niña, pronunciando muy bien.

—¡Bravo! —Estaba vez aplaudieron varias personas más. Otra niña un poco mayor se acercó. Mi madre le mostró el cuaderno—. Sonyashnyk. Girasol. ¿Queréis dibujar uno vosotras?

Arrancó dos hojas de su adorada libreta Moleskine y les dio una a cada una. Siempre llevaba en el bolso un estuche de terciopelo con ceras, carboncillo y lápices de colores. Escogió una pintura marrón y otra amarilla para cada una de las niñas.

—Hala —dijo—. ¡A dibujar!

Las niñas cogieron los lápices, se miraron entre ellas con timidez y curiosidad. Después, posaron sus papeles en el sueño y se pusieron a pintar las dos. Algunas personas empezaron a murmurar a nuestro alrededor, y sus ojos sonreían, aunque no podía verles las bocas por las mascarillas. De repente, no parecíamos un rebaño de ovejas asustadas esperando la siguiente explosión, sino gente normal intentando vivir. Intentando conectar unos con otros, a pesar del miedo.

—Vaya. Tu madre ha conseguido una especie de milagro —comentó Olga, mientras otros niños y niñas se acercaban.

Mi madre tuvo que arrancar casi todas las hojas en blanco que le quedaban a su libreta. Como no tenía suficientes pinturas amarillas y marrones, distribuyó el resto de los colores. Los niños pintaron girasoles verdes y rojos, azules y naranjas, violetas, de todas las tonalidades posibles.

—Es la magia del arte —decía Olga en inglés—. Lo he visto tantas veces... Yo también soy artista, ¿sabes? Bailarina. Estuve en el Bolshoi. ¿Te suena? La mejor compañía de *ballet* del mundo. Eso fue en tiempos de la URSS. Hacíamos giras internacionales. ¡Qué tiempos! Bailábamos juntas rusas, bielorrusas, ucranianas, georgianas... Entonces, la nacionalidad era lo de menos.

El perrito se había quedado dormido en su regazo mientras ella lo acariciaba con su mano huesuda y elegante.

—Nunca se deja de ser bailarina, ¿sabes? Aunque tengas ochenta años, como tengo yo. Todavía bailo cada día.

—Por eso pareces tan joven —le dije.

Ella asintió.

—El movimiento es el alimento del cuerpo. Tanto o más que la comida. Si dejas de moverte, estás perdida. Pero el movimiento artístico no alimenta solo al cuerpo. También al alma. Yo canto con mi cuerpo. Expreso lo que siento: soledad, miedo, alegría... Soy muy afortunada. Es algo que nadie podrá quitarme nunca. Ni la guerra, ni Putin, ni nadie.

—Yo vi una vez el Boshoi cuando era pequeña —dijo mamá—. Bailaba Maya Plietseskaya. Era ya muy mayor, pero, cuando se ponía a bailar, parecía una mujer joven. No, parecía un hada, un personaje de cuento. Era magia, aquello. Recuerdo estar viéndola y pensando... Por favor, que no se acabe nunca.

—Bailé con Maya. Era maravillosa. Aunque también un poco diva. A las jóvenes nos ignoraba. Aun así, la idolatrábamos. Nunca he conocido una artista como ella.

En el andén, otras personas habían sacado cuadernos de sus bolsas y mochilas. Había un montón de personas pintando flores, no solo niños.

—Has empezado algo precioso, Marina —dijo Olga.

A mamá le brillaban los ojos.

—Es raro. En medio del horror... de pronto, esto —dijo—. La gente es sorprendente.

Yo me levanté y fui haciendo fotos de algunos de los dibujos. Pensaba subirlos a Instagram en cuanto tuviera cobertura. Otra gente estaba haciendo lo mismo. Volví a sentarme. Olga y mamá habían preparado una especie de pícnic. Además de nuestras manzanas y las barritas energéticas, había un termo con té, galletas de chocolate y una porción de queso brie con crackers. Lo compartimos todo. Y... puede sonar raro, pero pocas veces he disfrutado tanto de una comida.

—¿Quieres? —le dijo Olga en ucraniano a un chico que estaba solo, sentado con la espalda apoyada en la pared.

Yo ya me había fijado en él. Se le veía muy pálido, y llevaba una mascarilla mugrienta. Debía de tener mi edad más o menos.

El chico dio las gracias en su idioma y se acercó. Era más alto de lo que me había imaginado. Tenía unos ojos azules preciosos, pero muy tristes. El pelo, rubio y un poco largo, parecía necesitar un buen lavado.

—Coge lo que quieras —dijo Olga en inglés—. ¿Entiendes el inglés?

El chico asintió con la cabeza.

—Coge más si quieres para después. Se nota que tienes hambre. ¿Dónde está tu familia?

El chico hizo un gesto vago hacia arriba. Cogió un poco de queso, un paquete de cinco crackers y dos galletas de chocolate. Sí que tenía hambre, por lo visto.

Después de dar las gracias de nuevo, se alejó hacia el otro extremo de la estación, dejando su sitio junto a la pared vacío.

—Es raro —murmuró Olga—. ¿No os habéis fijado? Lleva ropa buena, pero sucia. Y las deportivas... ¿las habéis visto? Todas rotas. Como si hubiese caminado mucho. Es guapo, ¿verdad, Alma? Vete a buscarlo y llévale más galletas. Está famélico, el pobre... ¿dónde se ha metido?

Sin muchas ganas, me fui a buscar al chico por todo el andén. Olga estaba resultando un poco mandona... Lo descubrí justo al otro extremo, sentado en un rincón. Le ofrecí las galletas. Las cogió y me dio las gracias, inclinando la cabeza en una especie de reverencia.

Cuando ya me había girado para irme, me llamó por mi nombre. Me volví sorprendida.

—Lo siento. Oí que la señora te llamaba así —dijo en inglés—. Alma... Perdona, ¿vives aquí cerca?

Contesté que sí. Él asintió.

—Yo me llamo Davyi, y quería pedirte un favor. Puedes decirle a tu madre... o a la señora Olga... ¿puedes preguntar si, cuando esto acabe, me dejarán ducharme? He caminado tres días sin parar. Necesito una buena ducha.

Capítulo 4

—Han levantado el toque de queda. ¿Te apetece salir?

Me había quedado adormilada en el sofá con la tele encendida. Ponían un culebrón turco traducido al ucraniano, así que no entendía nada de lo que decían, pero tampoco hacía falta, porque la historia era bastante simple y los personajes sobreactuaban tanto que aquello parecía una película de cine mudo. Las mujeres iban vestidas de princesas; los hombres, de guerreros o sultanes. Lloraban mucho, y algunos ponían cara de malos, otros de víctimas... Resultaba cómico y, a la vez, un poco melancólico.

Mamá se había plantado delante del televisor y me miraba expectante. Se había puesto los pantalones térmicos y tenía su vieja parka verde en la mano. Nunca había visto en su rostro ojeras tan marcadas. Me pregunté si yo también las tendría. Habíamos pasado las últimas cuatro noches en el refugio... ¿O eran cinco? Empezaba a perder la noción del tiempo.

Me vestí enseguida, me puse el abrigo y salimos al rellano. Mi madre llamó al timbre de la puerta de Olga.

—Voy a preguntarle si necesita algo.

Olga tardó un rato en abrir. Llevaba puesta ropa deportiva y el cabello recogido en una coleta alta. Su figura de bailarina, alta y esbelta, con la espalda muy recta, contrastaba con las arrugas de su rostro.

Mi madre le contó en inglés que íbamos a dar una vuelta, y le preguntó si quería venir o que le llevásemos alguna cosa.

—No necesito nada, gracias. Dentro de un rato enviaré al chico al supermercado. Que elija lo que quiera para comer. El pobre... Todavía está en edad de crecer. Ahora está dormido.

Olga se había llevado a su casa a Davyi, el adolescente solitario del refugio. Por lo visto, venía de Járkov, donde vivía con su abuela materna. El primer día de la guerra, una bomba alcanzó su apartamento. A partir de ahí, su historia se volvía bastante confusa. La abuela había muerto, pero sus restos habían quedado bajo los escombros y no había nadie para sacarla de allí. Él no tenía más familia, se había quedado huérfano de pequeño. Sus padres habían muerto en un accidente de coche. No tenía a nadie, y no sabía adónde ir... Salió a una carretera e hizo autostop. Lo recogió una mujer que se dirigía a la frontera polaca. Lo dejó a las afueras de Kiev para seguir su ruta, y él estuvo caminando sin rumbo durante horas. Cada vez que veía una patrulla de las muchas que recorrían la ciudad, se escondía en un portal... No llevaba documentación, y tenía miedo de que lo detuvieran.

—¿Ya has dado parte de que está aquí? —preguntó mi madre.

Olga hizo un gesto negativo con la cabeza.

—Si no tiene a nadie, ¿para qué dar parte? Se lo llevarán a algún centro de menores, como si fuese un delincuente. Unos vecinos me han dado unas zapatillas para él y algo de ropa. No necesita mucho, el pobre... Que se quede aquí unos días más, hasta que se recupere. Después, ya decidiremos.

—Pero a lo mejor alguien le está buscando —argumentó mi madre bajando la voz—. Tendrá tíos, algún familiar... Y además, seguro que necesita ayuda psicológica.

—No me fío de los psicólogos, y él no quiere irse. No te preocupes, Marina. Es un buen chaval, no es un psicópata ni nada parecido. Lo ha perdido todo... Piensa en tu hija, en Alma —Olga me miró pensativa—. Si estuviese pasando por lo mismo, te gustaría que alguien cuidara de ella, ¿verdad?

Mamá se estremeció.

—No digas eso, Olga. No lo digas ni en broma...

Bajamos calladas en el ascensor. Las últimas palabras de Olga flotaban entre nosotras como el humo de un cigarro que no acaba de dispersarse.

En la calle había dejado de llover, pero el aire de la noche era húmedo. Todo me pareció muy grande: los árboles desnudos, los bloques de pisos de la época soviética...

—Vamos al muelle Obolon —dijo mi madre—. Tengo ganas de ver el río.

En pocos minutos llegamos a la zona ajardinada del muelle. Es un lugar muy agradable, con gimnasios al aire libre y un elegante paseo bordeando la orilla de Dniéper. Pasamos cerca de un área de toboganes y columpios. ¡Había niños jugando! Durante un buen rato seguimos oyendo sus voces y risas, como si estuviésemos en una ciudad normal y en el mundo de antes. Como si no hubiese guerra.

El Dniéper fluía majestuoso atravesando la ciudad y reflejando las luces de las fachadas que se alineaban en la otra orilla. Por detrás de ella, se veían un par de columnas de humo. Restos de los últimos bombardeos.

—Todo me parece irreal —murmuró mamá.

Nos habíamos acodado en la barandilla de piedra del paseo y contemplábamos los reflejos de la ciudad en el río.

—¿Sabes algo de Nikolai? ¿Qué piensa de todo esto?

Mamá se sacó el móvil de su enorme bolso, abrió Instagram y me mostró las últimas historias que había colgado su novio ruso. Una era un vídeo de gente gritando consignas en la calle. En la siguiente, las proclamas se convertían en chillidos de miedo. La última era una foto de una mujer herida sobre el asfalto con un rótulo en inglés: «Terror y represión en San Petersburgo».

—Madre mía..., ¿qué ha pasado?

—Se estaban manifestando y la policía ha disuelto la concentración a golpes. Dice que se han oído disparos. Es muy peligroso levantar la voz en la Rusia de Putin.

—¿No puede salir del país?

—No creo. De todas formas, es su país. No quiere irse.

—Pero, si miles de rusos están en contra de la guerra... al final Putin tendrá que dar marcha atrás, ¿no? No le dejarán seguir con esto.

—Pues no lo sé. Ojalá sea así. Ojalá su propia gente le pare los pies... Pero las cosas no se ven igual desde Rusia. Los medios no informan de lo que está pasando, lo tienen prohibido. Oficialmente, esto ni siquiera es una guerra... En Rusia lo llaman «operación especial de desnazificación de Ucrania».

—Ya, lo he leído —dije—. Es como una distopía.

—El periódico de Nikolai ya ha tenido un par de advertencias —continuó mi madre—. Cualquier día lo cerrarán y se quedará sin trabajo.

—¿Cuándo se va a acabar? —pregunté—. Tú decías que no duraría mucho. Todos lo decían, papá también.

—Si acaba ahora, sabes lo que significaría, ¿no? Las tropas rusas entrarían en Kiev. Y toda Ucrania se convertiría en un país ocupado.

Unos días antes, aquella posibilidad me parecía triste, pero daba por hecho que era algo inevitable. Ahora, ya no lo tenía tan claro. Los ucranianos parecían dispuestos a resistir más de lo que nadie esperaba... Y aquellas noches en el refugio del metro habían cambiado mi manera de ver las cosas. Yo tampoco quería ver a los rusos en Kiev. Quería que la ciudad volviese a ser la de antes. Recordaba mi segundo día allí, cuando mamá y yo fuimos a visitar el monasterio de las Cuevas, un lugar sagrado para los ucranianos ortodoxos. Aquel día brillaba el sol, y las cúpulas doradas del monasterio resplandecían contra el cielo azul empedrado de nubes. Me pareció una ciudad orgullosa y alegre... Se me llenaron los ojos de lágrimas al recordarlo.

—No te hundas —me dijo mamá—. Ya que estamos aquí, vamos a hacer lo que podamos, ¿no te parece?

—Nosotras no podemos hacer nada —murmuré—. Aquí no pintamos nada, nadie nos necesita.

—Pintar es precisamente lo que sí podemos hacer —dijo mi madre sonriendo—. Todas esas flores que ha pintado la gente en el metro. Ahora, todas las familias bajan con cuadernos y pinturas. ¿No te parece bonito?

ЕРРОР И РЕПРЕССИЙ
САНКТ-ПЕТЕРБУРГЕ
ВОЕННАЯ ОПЕРАЦИЯ

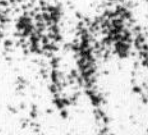

Me encogí de hombros.

—También son muy bonitos los dibujos de los niños que estuvieron en los campos de concentración —contesté—. ¿No te acuerdas? Los vimos en un museo en Praga. Eso no hace a los nazis menos horribles.

Mamá me clavó una de esas miradas suyas tan expresivas que significan: «No juegues con los argumentos, sabes que tengo razón».

—Todavía no he tenido ánimos para subir los dibujos a Instagram, pero ahora puede ser un buen momento para hacerlo —dijo desafiante—. Tengo cientos de fotos. Aquí hay buena cobertura...

Allí mismo abrió una aplicación y se puso a diseñar una historia con tres dibujos de girasoles hechos por los niños. Sabía que la estaba observando.

—No servirá de nada —observé, irritada por aquel arranque repentino de optimismo—. Es una tontería. La gente lo compartirá y dirá que es muy bonito y pondrá corazones, pero eso no va a hacer que se acabe la guerra.

Mamá ni siquiera levantó la vista del móvil.

—Esos argumentos los he oído muchas veces —dijo—. Demasiadas veces. Cuando tu trabajo es pintar flores, la gente no te suele tomar en serio. Pero la belleza tiene mucho más poder del que te imaginas. Y, además, no tenemos nada que perder.

Capítulo 5

Al día siguiente, mientras desayunábamos, mamá no paraba de consultar su móvil. Llevábamos más de veinticuatro horas sin oír las alarmas, y una absurda esperanza se había apoderado de mí. ¿Y si era el principio del final? Los periódicos hablaban de negociaciones para un alto al fuego. A lo mejor quedaban días para que terminase la guerra, horas...

Por primera vez desde el comienzo de la pesadilla, tenía hambre. Me preparé dos tostadas con mantequilla y mermelada de arándanos, y casi las devoré mientras mamá dejaba intacta la que le había hecho a ella. Estaba concentrada en las reacciones a sus últimas historias en Instagram... Secretamente, me alegré. Si hubiese estado más atenta, habría notado mi euforia y, con delicadeza, me habría hecho volver a la realidad. Justo lo que menos quería yo en ese momento.

—¿Qué tal van tus flores? —le pregunté al final, cansada de su silencio.

Mamá levantó la vista del teléfono y se llevó a los labios la taza de café.

—Se ha quedado frío —dijo—. Van bien, Alma, es increíble pero van más que bien. Estaba fijándome en las reacciones. Si queremos que esto funcione, que se haga viral, hay que afinar. Todas las flores que he colgado tienen *likes*, pero las que más, ¿sabes cuáles son? Los girasoles. Con mucha diferencia.

—¿Y eso por qué?

—Pues porque es una flor optimista, una flor que da ánimos, que representa la fuerza vital para adaptarse y resistir. Es un símbolo aquí en Ucrania. Ya lo era antes de todo esto, pero ahora más. Mira, una mujer me ha contestado a la historia con un enlace a una página donde se explican dos leyendas ucranianas sobre el origen del girasol. ¿Te las cuento?

—Claro.

—Pues verás. La hija del Sol se enamoró de un muchacho y bajó a la tierra para vivir con él, aunque su padre no estaba de acuerdo. Se casaron y vivieron felices durante un tiempo, pero luego él dejó de amarla. Ella quiso regresar al cielo con su padre el Sol, pero ya no podía. ¡Le habían salido raíces! A partir de entonces, seguía a su padre con la mirada, pero jamás consiguió reunirse con él. Se había convertido en un girasol.

—Esa es la primera. Y la segunda...

Mi madre leyó la página y luego me resumió el contenido.

—Esta es más bonita. En el río Dniéper vivía una sirena que sentía curiosidad por el mundo de la superficie. Sus compañeras le decían: «No abandones nunca el agua. La corriente del río es lo más hermoso que existe, y es nuestro hogar». Pero ella no podía renunciar a su sueño. Un día, se

aproximó a la orilla y se encaramó al borde del agua. ¡Era la primera vez que veía el cielo y el sol! Le parecieron mucho más hermosos de lo que se había imaginado. Se pasó un día entero contemplando el cielo y siguiendo con la mirada la trayectoria del sol. Cuando cayó la noche, se dio cuenta de que debía regresar al agua y trató de arrojarse a la corriente, pero no pudo... Se había convertido en un girasol.

—Me gusta más la segunda historia. Pero las dos son muy tristes.

—Es verdad. Pero lo que simbolizan, no. Simbolizan el poder de la belleza y del amor, ¿no lo ves? Un poder que te vuelve valiente y te lleva a abandonar todo lo conocido para aventurarte en lo desconocido.

—Ya, mamá, pero la cosa no sale muy bien al final, ¿no? Parece que el atrevimiento recibe un castigo.

—No sé. ¿Tú crees que convertirse en un girasol es un castigo? A lo mejor es un premio. Una manera de alcanzar la inmortalidad en forma de una flor hermosa y alegre que renace siempre.

Mamá estaba sonriendo. Yo también sonreí.

—Deberías poner eso en Instagram —le dije—. Es muy bonito. Tu manera de ver las cosas es bonita.

Mamá se echó a reír.

—Vaya, creo a una artista no se le puede decir nada mejor. Voy a hacerte caso y lo voy a poner.

—Nikolai también puede ayudar a que se haga viral en Rusia.

La sonrisa se desdibujó en los labios de mi madre.

—Es raro. Lleva muchas horas sin tuitear y sin colgar historias en Instagram. Están reprimiendo las manifestaciones contra la guerra en toda Rusia. Tengo miedo por él, Alma. A lo mejor lo han detenido.

—Pero no le van a hacer nada, ¿no?

—No creo. Solo ha colgado imágenes de una manifestación. Aunque ahora, eso allí es un delito de antipatriotismo.

Mamá dio un último mordisco a su tostada ya fría y se puso en pie.

—Voy a salir, Alma. Dmitri me ha escrito por fin. Hemos quedado en la galería. Dice que me ha conseguido un coche.

Se me hizo un nudo en el estómago, no sé si de miedo o de emoción.

—¿Un coche para irnos? ¿Para irnos a casa?

—Al menos, para llegar hasta Polonia. Ahora que la cosa está un poco más tranquila, podríamos aprovechar. Ya no hay tantos atascos en las carreteras del oeste. A ver si consigo poner en regla todos los permisos, no quiero tener problemas. Atravesar un país en guerra en coche siendo extranjeras... no va a ser fácil. Pero bueno, a ver qué me dice Dmitri... A tu padre ya le he avisado. Hoy mismo coge el coche y se viene hacia Polonia.

Abracé a mi madre y ella me apretó con fuerza entre sus brazos. El corazón me latía muy deprisa.

—Sé que ha sido muy duro, Alma, pero pronto estaremos en casa y todo volverá a la normalidad.

Tenía tantas ganas de creerla que, cuando se fue, me puse a hacer la maleta. Pensé que, si conseguía el coche, todo tendría que ser muy rápido, y era mejor estar preparadas. Entre hacer el equipaje y contestar mensajes de mi padre y de mis amigas se me pasó volando la mañana.

Hasta que el mugido ensordecedor de las sirenas hizo temblar los cristales de mi cuarto.

Me senté en la cama, aturdida. La alarma volvió a sonar. Conté los segundos hasta que sus ecos se apagaron. Seis, siete, ocho...

No podía quedarme allí, pero ¿qué iba a hacer? ¿Bajar al refugio sola?

El sonido se repitió. Temblando, me quité el pijama y saqué la camiseta y los pantalones térmicos que acababa de doblar. Me vestí mecánicamente. No quería bajar a la estación de metro sin mi madre. ¿Y si me quedaba en casa? Olga nos había contado que mucha gente lo hacía. Era lo más fácil, y seguramente no pasaría nada.

Me volví a sentar en la cama y respiré hondo. Necesitaba calmarme. No podía quedarme allí...

En ese momento sonó el timbre.

Fui a abrir como sonámbula. Eran Olga y Davyi.

—Estás sola, ¿verdad? —dijo Olga en inglés—. Me lo parecía. Vamos, coge el abrigo, no te quedes ahí parada. Venga, rápido. Tengo un mal presentimiento...

Davyi me miró sonriendo, como quitando hierro a las palabras de Olga. Yo todavía me estaba poniendo el abrigo mientras bajábamos a toda velocidad por las escaleras, porque se suponía que usar el ascensor en ese momento podía ser peligroso. Ya en la calle, oímos el zumbido de los aviones. Largas estelas de humo gris atravesaban el cielo.

—Están aquí —dijo Olga.

—A lo mejor son los nuestros —le contestó Davyi en inglés.

—No. Vamos, deprisa. No tiene buena pinta.

En las escaleras del metro nos encontramos con bastante gente, aunque no tanta como los primeros días. Quizá se habían quedado en sus casas. Con cada día que pasaba, nos íbamos acostumbrando más a aquello, y eso hacía que nos fuésemos relajando. Pero es verdad que esta vez había algo diferente. Las estelas de los aviones, los zumbidos rápidos en el cielo.

En el andén de la estación subterránea, Olga, Davyi y yo nos instalamos ocupando el que se había convertido en nuestro rincón favorito. Sin ponerse de acuerdo, los vecinos habían ido adjudicándose distintas zonas, y automáticamente cada familia iba tomando posesión de su sitio.

Me fijé en que el banco que solía ocupar Lesha, la primera niña que había empezado a dibujar flores con mi madre, estaba desierto. Davyi notó la dirección de mi mirada y adivinó lo que estaba pensando.

—A lo mejor se han ido de la ciudad —dijo.

«Ojalá», pensé. «Ojalá sea eso».

Olga estaba tosiendo mucho y la gente a nuestro alrededor la miraba mal. Seguramente pensaban que tenía Covid. Davyi les gritó algo en ucraniano y dejaron de mirar.

—¿Qué les has dicho? —pregunté.

—Que no es el coronavirus. Es asma —Davy miró con preocupación a la anciana, que seguía tosiendo—. He ido a tres farmacias esta mañana, pero no había... ¿cómo se dice en inglés? El medicamento para el asma...

—Inhaladores —apunté.

—Eso. Nada. Las farmacias se están quedando sin medicamentos. Sabes mucho inglés... ¿Dónde lo has aprendido?

—He estado unos meses en Estados Unidos, estudiando. Pero me volví a mitad de curso —expliqué.

—¿No te gustaba?

—No me acostumbré. Echaba mucho de menos a mi familia.

Davyi me miró unos instantes con curiosidad.

—Yo también la echo de menos —dijo por fin.

Me sentí fatal por haberle recordado lo ocurrido con su abuela. Aunque, seguramente, no le hacía falta que yo se lo recordase. Si a mí me hubiese pasado lo que a él, no se me borraría nunca del pensamiento.

—Y tú ¿dónde aprendiste inglés? —pregunté, ansiosa por cambiar de tema—. También lo hablas muy bien...

Davyi contestó, pero no oí su respuesta, porque una explosión ahogó sus palabras. Y luego otra. Y otra. El techo retumbaba, estallaron varios gritos. Después, llantos. Y silencio.

Habían caído muy cerca. Tenía la sensación de que habían caído justo encima de nosotros.

El aire se llenó de un intenso olor a humo. Fuera se oían chillidos. En el andén, todo el mundo se había callado, hasta los niños.

—Mamá —empecé a repetir en voz baja—. Mamá.

No podía dejar de decirlo. Lo pronunciaba despacio, en susurros, acunándome adelante y atrás. Solo quería que mamá volviera.

Alguien detuvo mi vaivén. Era Davyi. Sus brazos me rodearon y me apretó contra su pecho.

—Tranquila, Alma. Tu madre está bien. Pronto estarás con ella.

Dejé de repetir aquella cantilena infantil, avergonzada. Pero no intenté separarme de Davyi. Cerré los ojos apretando bien fuerte los párpados para que no se me escapasen las lágrimas mientras él, con suavidad, me acariciaba el pelo.

Capítulo 6

Hay silencios que pueden escucharse. Son vacíos que dejan hueco a sonidos lejanos, vacíos irreales, que parecen formar parte de un sueño (o, más bien, de una pesadilla). De repente, el mundo se queda desnudo de todas las voces que deberían oírse, y, sin ellas, te sientes desnuda tú también, desabrigada, a la intemperie.

Así fue cuando salimos del refugio. Subíamos callados las escaleras del metro, intentando prepararnos para lo que nos encontraríamos en el exterior. Una vez en la calle, caminábamos aturdidos hacia la columna de humo gris que surgía de los escombros de un bloque de pisos, justo enfrente del nuestro. Había un camión de bomberos regando los restos ennegrecidos de la explosión, aunque aquí y allá todavía se veían llamas.

Y lo peor, en aquel silencio, era algo parecido a un llanto que salía de entre las ruinas, amortiguado por toneladas de paredes rotas, vigas, muebles reventados, juguetes milagrosamente intactos con sus brillantes colores de plástico velados por el polvo.

—Hay alguien atrapado —acerté a decir en español.

Curiosamente, Olga adivinó el significado de mis palabras.

—Los sacarán —dijo con una voz dura y metálica que nunca le había escuchado antes.

Nos miramos. Tenía los ojos llenos de lágrimas. Nos abrazamos, apretándonos la una contra la otra, y dejé de esforzarme por contener los sollozos.

En algún momento, Davyi se unió al abrazo. Más alto que nosotras, nos rodeó a las dos con sus brazos y yo apoyé la cabeza contra su pecho. Escuché los latidos acelerados de su corazón.

Después de un rato (no sé si fueron segundos o minutos) nos separamos. Comenzaban a alzarse algunas voces tímidas entre los que contemplábamos las ruinas. No entendí lo que decían, pero me pareció captar una nota de esperanza...

—Mirad —dijo Davyi—. ¡Han sacado a una niña!

Una unidad médica se estaba abriendo paso entre los mirones para llegar hasta donde estaba el equipo de rescate. En la distancia, no veíamos muy bien lo que estaba pasando. A Olga se le ocurrió sacar el móvil y mirar a través de su *zoom*.

—Es la pequeña Lesha. ¿Os acordáis? Tu madre le enseñó a dibujar...

—No parece que su girasol le haya servido de mucho —murmuró Davyi.

Era un comentario cruel. Lo miré herida, incrédula. ¿Para qué añadir aquello a tanto dolor?

—¡Está viva! ¡Está viva! —comenzó a decir la gente con timidez.

Se oyeron algunos aplausos. Por un momento pensé en unirme a ellos, pero no lo hice. No había mucho que celebrar. Lesha estaba viva, sí, pero ¿qué habría sido del resto de su familia? ¿Se los habrían llevado al hospital? ¿Seguirían bajo los escombros?

—Ya es suficiente —dijo Olga—. Vamos a casa.

Cruzamos la calle los tres sin decir palabra. En nuestro edificio, habían estallado los cristales de los pisos inferiores. La luz estaba cortada, así que tuvimos que subir hasta el quinto por las escaleras.

—Alma, tú ven con nosotros —dijo Olga en un tono que no admitía discusiones—. Hasta que vuelva tu madre, te quedas en mi casa.

—¿Sabes algo nuevo? —me preguntó Davyi.

Saqué el móvil y consulté el WhatsApp por enésima vez.

—Han vuelto a la galería —dije, tras leer de un vistazo los mensajes de mamá—. No les dejan pasar, está todo lleno de controles. Dice que no me preocupe, está con Dmitri.

Mientras hablaba, Olga había abierto la puerta de su apartamento con la llave.

—Cómo me alegro de haber podido sacar a Leo de aquí —dijo, mirando la casita de madera de su perro, vacía en el vestíbulo—. Valentina lo cuidará bien. Y en su casa tendrá espacio de sobra para correr. ¡Espero que me eche de menos!

Valentina es otra bailarina jubilada. Vive a las afueras de Kiev, en una propiedad grande con un huerto de frutales. Eso nos contó Olga... No entendí muy bien cómo se las había arreglado para enviar a su perrito allí, pero tenía algo que ver con la furgoneta de un panadero que ambas conocían.

—¿Y tú? ¿No podrías haberte ido con ella? —preguntó Davyi.

La habíamos seguido hasta la cocina en la penumbra, porque seguía sin funcionar la electricidad. Olga acababa de sacar unas velas de un cajón y cerillas. Las estaba encendiendo.

—Mirad qué bonito. ¡Como en una fiesta romántica! —dijo animada.

Le dio un acceso de tos y la cerilla que tenía en la mano se le apagó. Tuvo que sentarse en una silla para doblarse encogida hacia delante y seguir tosiendo. Parecía que se iba a ahogar.

—Necesitas esos inhaladores —observó Davyi preocupado—. Voy a intentar conseguirlos.

—¿Ves por qué no me he ido? —consiguió contestar Olga entre toses—. ¡Con lo bien cuidada que estoy aquí! Nos cuidamos uno a otro. ¡Es un buen arreglo!

Davyi sonrió y le tendió un vaso de agua.

—No creo que te dejen ir muy lejos —comenté—. Ya ves lo que dice mi madre, hay controles por todas partes.

—Pero esto es una emergencia. Y llevo las recetas de Olga. Me dejarán pasar.

Olga seguía tosiendo aún cuando Davyi se fue. A la luz de las velas, podía ver los labios morados de la anciana bailarina. Eso significaba falta de oxígeno...

—Oye, Olga, a lo mejor tendríamos que intentar ir a un hospital —le dije—. Abajo hay varias ambulancias y médicos. Pueden mirarte un momento y decirnos qué hay que hacer.

Olga se bebió un largo trago de agua. Posó el vaso en la mesa con elegancia y me miró sonriendo. Como en el exterior casi siempre la veía con mascarilla, no estaba acostumbrada a la expresividad de su boca. La sonrisa le daba un aspecto extrañamente joven.

—¿Tú crees que está la cosa como para atender en un hospital a una vieja con un poco de tos? No, Alma. Que atiendan a los jóvenes. Ya tienen suficiente trabajo con ellos. Entre los heridos y los enfermos de Covid, no creo que se aburran.

—Pero es que lo tuyo seguro que se soluciona rápido. En cuanto te den los medicamentos que necesitas...

—Davyi los conseguirá. Si es que vuelve —añadió tras una breve pausa.

—¿Por qué dices eso?

Olga se levantó a coger del estante una caja de lata con la tapa esmaltada de flores. La puso sobre la mesa y la abrió. Dentro había unas galletas caseras que olían muy bien, a canela y mantequilla.

Cogí una. Ella volvió al estante a por otra lata más pequeña de color verde. Cuando la abrió, el aroma intenso del té inundó la cocina.

—Ese chico me preocupa —dijo, mientras medía la cantidad exacta para echarla en el filtro de la tetera—. No está bien. He intentado que me hable de su familia, averiguar qué ha podido pasarles, si le queda alguien... Pero no cuenta nada concreto. No quiere hablar.

—Debe de estar muy traumatizado por lo que pasó...

Olga llenó la tetera de hierro con agua del grifo, encendió uno de los fuegos de gas y la puso sobre él.

—No sé —murmuró—. Hay algo raro en él. Hace un rato, cuando estábamos frente a la casa que ha reventado... Se le veía afectado, claro. Pero no traumatizado. No dijo nada, no lo asoció con ningún recuerdo. Como si no tuviera nada que ver con lo que le ha ocurrido a su abuela.

—Supongo que se lo guarda todo para él. A los chicos les cuesta más expresar sus sentimientos en voz alta. Eso dice siempre mi madre.

—Puede que tengas razón, Alma. Pero yo creo que, en este caso, hay algo más. Ha estado usando mi ordenador. Y no tomó la precaución de borrar su historial. Supongo que pensó que una vieja como yo no sabría ni cómo consultarlo...

—Pero se equivocó, ¿no?

En el fuego, la tetera había comenzado a burbujear. Olga me dedicó otra de sus expresivas sonrisas.

—Completamente. Llevo demasiados años jubilada. He tenido tiempo de aprender muchas cosas... y me gusta estar al día.

—O sea, que espiaste su historial. ¿Y qué había?

—¿Sabes lo que ha estado buscando? Cómo alistarse. Quiere unirse al ejército ucraniano. ¡Quiere ir al frente!

Nos quedamos las dos en silencio mientras Olga apartaba la tetera del fuego y preparaba las tazas. Estaba intentando asimilar la información.

—No lo entiendo —murmuré al final—. ¿Quiere morir?

Olga me tendió una taza humeante y perfumada. Ella se sentó con otra en la mano.

—Espero que te guste sin azúcar. Yo nunca tengo —dijo—. No sé, estos días he pensado mucho en la guerra. Es atroz, pura destrucción, todos salen perdiendo, hasta los que ganan. Pero parece que la humanidad no puede vivir sin guerras. ¿Por qué?

Todo aquello no parecía tener mucho que ver con mi pregunta. Me encogí de hombros.

—No sé. Porque la gente es egoísta, y algunos gobernantes son depredadores... Será por eso.

—No. Hay algo más —dijo Olga—. Putin no habría empezado la guerra si no tuviese el respaldo de buena parte de su pueblo. Es una realidad que no nos gusta, pero hay que aceptarla. Y aquí... por supuesto que no queremos la ocupación. La guerra es necesaria. No podíamos dejar que nos pisotearan sin más. Es necesaria, pero fíjate en la gente. A lo mejor tú no lo has captado, porque no entiendes el idioma y no eres de aquí. Pero está en todas partes: en la calle, en la radio, en las redes, en el refugio... La gente está orgullosa. Está alegre dentro del horror. Es algo heroico, es la Historia con mayúsculas. Se sienten eufóricos por el ejemplo que estamos dando al mundo, por el valor que estamos demostrando. ¿No te has fijado? Yo misma me siento así a ratos. Estamos luchando por nuestra libertad. Es algo grande. Nos hace sentir bien. Nos hace sentir... mejores. Es un sentimiento agradable. Lo peor que le puede pasar al ser humano es sentirse mal consigo mismo.

—Ya, bueno... Pero ¿eso qué tiene que ver con Davyi? —pregunté con algo de impaciencia.

—Davyi quiere formar parte. Quiere vivirlo en primera línea. Es un adolescente, no ve el peligro. Solo ve el gran relato, ¿entiendes? «Vencimos a los rusos y yo estuve allí». O en el peor de los casos: «Resistimos hasta el último hombre y yo estuve allí». Las dos son historias épicas.

Entendía perfectamente lo que decía. Y no me hacía sentir nada bien.

—Yo solo quiero huir —confesé—. Supongo que soy una cobarde. Es lo que soy.

—Bueno, no es tu guerra. Es normal que no lo vivas de la misma manera que los jóvenes de aquí.

Alcé los ojos hacia Olga.

—No. No lo entiendes. Soy cobarde en todo. ¿Sabes por que estoy aquí? Ahora mismo debería estar estudiando Bachillerato en los Estados Unidos. Pero no lo soporté. Me sentía asustada, sola... Quería volver con mi madre. Y este es el resultado. Estoy en medio de una guerra. Parece un castigo.

—¿Un castigo por tu cobardía? —Olga se echó a reír—. Ay, Alma, qué joven eres...

Se levantó y me acarició el pelo con cariño.

—Tener miedo no es ser cobarde. Y dar marcha atrás cuando estás viviendo algo que no quieres... a mí me parece valiente.

—Pero yo no iría nunca a la guerra. A combatir, quiero decir. No lo haría ni por mi país, ni por mí misma, ni por nadie.

—Eso no puedes saberlo. A lo mejor si vieras amenazado todo lo que valoras, irías. O a lo mejor no. Tienes derecho a poner la vida por encima de todo. Es tu vida, ¿y quién va a protegerla si no lo haces tú?

—Pero, según eso, también Davyi tiene derecho a decidir ir al frente, ¿no? Es su vida...

Olga asintió con tristeza.

—Supongo —admitió—. Pero ni siquiera ha cumplido dieciocho años, aunque él dice que sí. No le dejarán alistarse. ¡Eso espero! En las guerras, suceden cosas que no deberían.

Y hay tanta desesperación... no sé, espero que no lo admitan como voluntario.

Sonó el timbre, sobresaltándonos. Me levanté a abrir. Era Davyi.

—No me han dejado ir muy lejos. —dijo quitándose la mascarilla—. Malditos controles...

No pude evitarlo. Le eché los brazos al cuello y le estampé un beso en la cara.

Davyi enrojeció. Parecía agradablemente sorprendido.

—Vaya, ¿y eso? —preguntó.

Me aparté y le miré directamente a los ojos.

—Nada —dije—. Es solo que me alegro de que estés aquí.

Capítulo 7

Mi madre regresó hacia las nueve de la noche. Me avisó cuando estaba a un par de manzanas del edificio para que la esperase en nuestro apartamento.

La electricidad volvía a funcionar, y Olga había horneado unas empanadillas rellenas de verduras que estaban riquísimas. Me dio un táper azul con cuatro que habían sobrado para que mamá cenase.

Mientras mamá llegaba, puse la mesa en la cocina. Olga me había prestado también un par de velas gruesas, por si volvía a fallar la luz. Encendí una y la coloqué en el centro del mantel de cuadros. El resultado era bonito: parecía el escenario para una velada romántica en una terraza de París o de Roma.

La llave chirrió en la cerradura, y un momento después entró mamá. Oí el crujido de su parka cuando se la quitó y la colgó en el perchero. Corrí a abrazarla.

Su cara estaba mojada por la neblina que envolvía aquella zona de Kiev tan cercana al río a esa hora de la tarde. Tenía la nariz roja de frío, y lunas moradas bajo los ojos. No tenía buena cara.

—Qué horror, Alma. Cuánto siento que hayas tenido que pasar esto tú sola. Arrasado hasta los cimientos, un edificio de... ¿cuántas plantas tendría?

—Siete.

Mamá asintió.

—¿Ha habido muertos?

—No sé. Nos fuimos, no nos quedamos a mirar. Estaban sacando a gente de entre los escombros. Una de ellas era esa niña del refugio, Lesha.

Mi madre ahogó un grito. Se tapó la cara con las manos.

—Estaba viva —dije torpemente.

Mamá lloraba. No la había visto tan derrotada en ningún momento desde el comienzo de la guerra. La agarré del brazo con suavidad y la llevé al sofá del salón. Encendí una lamparita de pie que daba una luz indirecta bastante agradable.

Mamá abrió el bolso y sacó el móvil. Tecleó algo con nerviosismo.

—Observa. El dibujo de Lesha —dijo, y me tendió el teléfono—. Mira cuantas visualizaciones: 142 000 la última vez que miré. Lee los comentarios. Lesha es famosa. Es un rostro de la resistencia. Gracias a su girasol.

Me senté a su lado. Miré el dibujo de Lesha, y luego pasé a las otras flores que habían dibujado las niñas aquella primera noche en el andén del metro. Todas tenían miles de visitas, y lo entendía. Aquellas flores en Kiev eran como un grito de vida, de esperanza. Los girasoles de colores fantasiosos acumulaban la mayor parte de los comentarios.

El número de seguidores de mi madre se había multiplicado por cinco en las últimas horas. Estaba claro que aquello se estaba volviendo viral.

—Pero mamá, ¡es maravilloso! Es justo lo que querías. ¡Lo tienes!

Mamá me atrajo hacia ella en el sofá. Apoyé la cabeza en su hombro.

—No he podido conseguir el coche al final —dijo con voz derrotada—. Lo siento.

Se me hizo un nudo en la boca del estómago. Había dado por sentado que lo del coche estaba hecho, que nos quedaban horas en Kiev.

—Te he fallado, Alma —continuó mi madre—. Fue una locura traerte. Venir aquí. Tu padre tiene razón, no quise ver la realidad. Y ahora él está camino de Polonia y yo no puedo llevarte a la frontera.

—No te preocupes. Mañana podemos volver a intentarlo.

Mi madre meneó la cabeza, escéptica.

—No creo que Dmitri pueda hacer nada más que lo que ha hecho. La ciudad se ha convertido en una ratonera, no hay forma de salir. ¿Sabes que al final he tenido que venir andando desde la galería? Han sido... ¿cuánto? Cuatro horas. Habría tardado dos en condiciones normales, pero me han detenido en cada control. Y he pasado miedo. Hombres armados, esas caras de desconfianza, de... tú no eres de los nuestros...

—Bueno, ahora estás aquí. Y la cena está preparada. Son unas empanadillas que ha hecho Olga. Seguro que no has comido...

—No, pero ni siquiera tengo hambre. Estoy demasiado cansada.

Aun así, fuimos a la cocina. Mi madre sonrió al ver la mesa puesta con la vela encendida.

—Gracias, hija —dijo únicamente.

Nos sentamos. Aunque yo ya había cenado, me tomé un yogur. Solo quedaban otros tres. En los supermercados, la comida cada vez era más escasa.

Mamá se sirvió dos empanadillas, pero solo se comió media.

—¿Qué pasa? ¿No te gusta?

—Sí. No sé. Es que no me entra.

La cocina era la única habitación de la casa con un tabique hacia el apartamento de Olga. Oímos su tos amortiguada por el espesor de la pared.

—Pobre, sigue igual —comentó mi madre—. ¿No ha conseguido los inhaladores?

—Davyi lo volvió a intentar, pero no le dejaron ni llegar a la farmacia.

—Tenía que haberme acordado. Seguro que he pasado por alguna farmacia abierta y no me he dado ni cuenta.

Partió con el cuchillo la otra mitad de la empanadilla y se llevó un pedazo a la boca. Yo seguí con mi yogur.

—Hay otra cosa —dijo—. Nikolai. Sus redes han desaparecido. Ya no tiene Instagram, ni Twitter ni nada.

—¿Se los han bloqueado?

—No sé. Su número de teléfono sale como que no corresponde a ningún usuario. Bueno, dicen algo en ruso que no entiendo, pero creo que es eso. Tampoco tiene WhatsApp.

Levantó la vista del plato y nuestros ojos se encontraron.

—Lo han detenido —dijo.

Intentó contener un sollozo haciendo una extraña mueca. No lo consiguió.

—Pero ¿lo sabes seguro?

—No. A lo mejor lo han matado...

—Mamá, no tiene por qué ser nada de eso. A lo mejor ha borrado todas sus huellas en internet porque no quiere que lo localice la policía rusa. A lo mejor se ha deshecho del teléfono.

—Sí, eso también puede ser. —Mi madre se limpió las lágrimas—. Aunque no sé si ponerse en lo mejor es muy inteligente en estos momentos.

—Mamá, no van a matar a todos los miles de personas que están en contra de la guerra en Rusia. Eso no lo haría ni Putin.

—No estoy yo tan segura.

Nos quedamos calladas un rato.

—Davyi quiere alistarse en el ejército —solté de pronto—. Me lo ha contado Olga.

—¿Se lo ha dicho él?

—No, pero Olga ha espiado sus búsquedas en internet.

Seguíamos oyendo su tos, ahora más débil e interrumpida por breves intervalos de calma.

—Pobre. Está desesperado —murmuró mamá—. Cualquier lo estaría en su lugar. —Me miró a los ojos con una expresión más animada—. Te gusta Davyi, ¿verdad? Es un chico muy guapo.

—Mamá, ¡para!

Me había puesto roja hasta la raíz del pelo. Mamá se apiadó de mí.

—Perdona. Parezco la abuela. Soy boba, perdóname. Es un encanto de chico. Con lo que ha sufrido y ahí lo tienes, pendiente de Olga... Me cae bien.

—No hace falta que te caiga bien. No voy a casarme con él.

—Ahora estás siendo borde sin necesidad. No seas cría, Alma.

—Hoy ha sido increíble conmigo. Me asusté mucho cuando las bombas cayeron prácticamente encima de nosotros. Él me tranquilizó. Y luego, cuando vimos el edificio destruido... También. Es cálido, es una persona buena. Me sentí protegida. Ya sé que suena tonto y que estamos en el siglo XXI y una chica no puede necesitar que la protejan otros, pero yo lo necesitaba.

—No tiene nada de malo necesitar protección y aceptarla. Todos la necesitamos alguna vez, hombres y mujeres. Yo la necesito mucho ahora mismo.

Podría haber continuado la conversación en esa línea, pero yo me había soltado por fin y quería decirlo todo antes de que me diera tiempo a arrepentirme.

—Y sí, es muy guapo. Y sí, me gusta.

—Pero no vas a casarte con él.

Nos miramos y nos reímos al unísono. Era la primera vez que nos reíamos en días.

Creo que gracias a esa risa conseguí dormirme cuando me metí en la cama. La verdad es que no me había dado cuenta de lo agotada que estaba hasta ese momento. Intenté leer, pero el libro se me cayó al suelo y me quedé dormida.

Cuando me desperté, la luz del amanecer inundaba mi cuarto de un modo diferente a otros días. Tardé unos segundos en comprender por qué: El edificio de enfrente ya no existía, y desde la ventana ahora podía verse un paisaje inmenso de tejados y cielo, hasta el río y más allá.

Era la voz de mamá la que me había despertado. Sonaba nerviosa en el recibidor. Me puse las zapatillas de viaje y fui a ver qué pasaba.

Lo que menos me esperaba era encontrarme a Davyi en la puerta hablando con mamá. ¿Cuándo había llamado? No lo había oído.

Llevaba una chaqueta que le quedaba grande sobre algo parecido a un pijama. Me pareció que estaba más pálido de lo normal. Y las manos le temblaban.

—¿Qué ha pasado?

Davyi no parecía encontrar las palabras para contestar, así que lo hizo mi madre en su lugar.

—Es Olga. Davyi dice que no respira.

A Davyi se le escapó un sollozo roto, de niño pequeño.

—Necesitaba el inhalador. Lo... necesitaba... muchísimo —dijo con la voz entrecortada por el llanto—. Y yo no pude... Y ahora está muerta.

Capítulo 8

El portal del viejo edificio soviético de apartamentos se había convertido en un lugar de reunión improvisado. Varios vecinos del bloque y algunos de las viviendas próximas habían acudido al llamamiento de la presidenta de la comunidad por WhatsApp. A nosotras nos habían avisado llamando directamente al timbre. Se trataba de encontrar una manera de celebrar el funeral de Olga y darle sepultura al cuerpo. No tenía familiares en la ciudad, solo la antigua compañera que se había hecho cargo de su perro, y que tenía una casa en las afueras. También la habían llamado.

La discusión tenía lugar en ucraniano. Davyi nos iba traduciendo lo que le parecía más significativo.

—No hay ataúdes en todo Kiev —nos explicó en inglés—. Es lo que acaba de decir ese hombre. En Kiev no se fabrican ataúdes, los hacen en Gostomel, donde hay árboles y madera. Pero ahora, con la guerra, no llegan.

Una mujer contestó al vecino que había hablado. Davyi nos hizo un resumen al final de lo que habían dicho.

—Olenska, la vecina del tercero, conoce a un conductor de una funeraria. Dice que ha hablado con él. Podría llevar el cadáver hasta el crematorio del cementerio de Balkove. Dice que es la mejor opción.

Quedó decidido que se haría así. Un vecino del bloque contiguo que era médico estuvo examinando el cuerpo de Olga y emitió el certificado de defunción. Cuando llegó su amiga Valentina, a media tarde, le pidió a mi madre que le ayudase a gestionar los permisos necesarios. Atravesar la ciudad con un cadáver en un coche fúnebre, por lo visto, no iba a ser tarea sencilla, y requería un montón de papeleo. Según me explicó mi madre, una parte del proceso se podía agilizar si se gestionaba a través de la Embajada Española. Un disparate más provocado por la guerra.

Mientras se ocupaban de todas las burocracias, Davyi se vino a nuestro apartamento. No había vuelto a llorar desde aquel primer momento, cuando nos avisó por la mañana. Estaba callado casi todo el tiempo, ausente, con la mirada perdida. Aceptó el sándwich de jamón y queso que le ofrecí y una taza de té. Se lo comió mecánicamente, de pie en la cocina, mientras yo me sentaba a la mesa a saborear el mío. Cuando pasan cosas horribles, siempre hago eso: me concentro en lo más inmediato, en los olores, los sabores, los sonidos. Eso me ayuda a tranquilizarme. Ante una catástrofe, cada uno tiene sus estrategias.

La de Davyi, por lo visto, consistía en atontarse mirando la tele. Después de la comida se sentó en el sofá y estuvo haciendo *zapping* hasta que encontró un canal donde estaban dando noticias. Escuchaba hipnotizado mientras en la pantalla se sucedían imágenes de tanques destrozados, edificios arrasados por las bombas, niñas llorando en los refugios...

Por solidaridad, me senté a su lado. No entendía nada de lo que decían los periodistas, pero las imágenes hablaban por sí solas.

Cuando llegó la pausa publicitaria, Davyi no varió ni un milímetro su expresión. Seguía mirando los anuncios de detergentes y teléfonos móviles con la misma cara con la que había contemplado la destrucción de la guerra.

—Siento mucho lo que ha pasado —dije, cansada de aquel silencio—. Olga te había cogido mucho cariño.

Se giró hacia mí, todavía con aquel gesto inexpresivo en su cara.

—Fue muy amable conmigo. Pero casi no nos conocíamos.

—Aun así, duele mucho lo que ha pasado.

—Por mi estupidez. Ni siquiera pude conseguir los malditos inhaladores. Normal que ni el ejército me quiera.

—¿Has intentado alistarte?

Los ojos de Davyi regresaron a la pantalla del televisor. Pero yo no estaba dispuesta a dejar que me ignorase, así que cogí el mando y apagué el sonido.

Me miró irritado.

—Eso no es asunto tuyo. No es asunto de nadie —contestó—. Y ahora, si puedes poner el sonido...

—No. Necesitas hablar. Y yo también. No se puede uno aturdir sin más. Lo que ha pasado es muy triste y tenemos derecho a estar tristes y a llorar si nos da la gana.

—Pues llora. ¿Quién te lo impide?

La frialdad de sus palabras hizo que, efectivamente, los ojos se me llenasen de lágrimas. Solo entonces su expresión se suavizó.

—Perdona. Soy idiota. No quería hacerte llorar. No sé lo que me pasa. Tú siempre has sido amable conmigo. Pero yo soy un desastre... lo único que sé hacer es causar dolor.

—¿Por qué dices eso? No haces más que culpabilizarte. Pero la guerra no es culpa tuya, ni la muerte de Olga tampoco. Ni... lo de tu abuela.

—¿Cómo lo sabes? Tú no estabas allí.

Había vuelto a su tono irónico y desapegado, pero yo podía captar la desesperación que latía debajo.

—Sé lo que tú me has contado —repliqué con paciencia.

—Entonces, no sabes nada.

—¿Qué quieres decir?

—Que no os he contado casi nada. Así que no sabes nada. Y no hace falta que lo sepas. Mira, Alma, solo necesito pasar un rato sin pensar y la tele me ayuda. No te enfades, por favor.

—De acuerdo.

Sin disimular que había herido mis sentimientos, me fui de nuevo a la cocina. Me preparé una taza de té y me la tomé con la ventana abierta, mirando hacia el cielo dorado del atardecer. Había algunas nubes altas, que flotaban sobre la ciudad y el río... ¡Qué preciosa era Kiev, a pesar de las bombas y el miedo!

No sé cuánto tiempo estuve en la ventana contemplando la ciudad. Los tonos dorados del cielo se volvieron rojizos y luego morados. Cuando me volví para dejar la taza vacía en la mesa, descubrí que Davyi estaba apoyado en la encimera, mirándome. ¿Cuánto tiempo llevaría allí?

—Lo siento, no te había visto —dije—. Eres muy silencioso...

—Me gusta eso que hay en ti —contestó, sosteniéndome la mirada—. Ese... ¿cómo lo llamaría? Ese «aprecio» por lo que miras. Como si todo fuera importante y bello. Tú haces que lo sea.

Sentí que me ruborizaba.

—El mundo es hermoso. Merece nuestra atención —murmuré.

Era consciente de que sonaba raro y hasta algo pretencioso, pero es lo que sentía, lo que siento siempre, y es algo muy verdadero y profundo para mí, algo que casi nunca me atrevo a expresar.

—A mí lo que me parece hermoso... eres tú. No me interpretes mal —añadió atropelladamente—. No te estoy llamando guapa, aunque lo eres, muchísimo. Pero lo que es hermoso es... eso, cómo miras el mundo. Cómo haces que parezca mágico porque tú lo ves mágico.

—¿Y tú cómo sabes eso? Si casi no me conoces...

—Te he observado. Porque Olga se dio cuenta, ¿sabes? Y me lo hizo ver. «Esa chica», me dijo. «Me he fijado en cómo mira la llama de la vela, en cómo acaricia la porcelana de la taza antes de llevársela a los labios, en cómo cierra los ojos para concentrarse en el sabor del té. Es una de las mías». Eso dijo. Y yo me fijé también. Me pareció... de pronto me pareció que esa era la respuesta. Eso: valorar en cada momento lo mucho o lo poco que se tiene. Querer vivir.

—¿Todo eso habéis visto en mi forma de tomarme el té? —repliqué, entre avergonzada y agradecida—. No sé ni qué decir.

Davyi se acercó. Cuando lo tuve frente a mí fui consciente de lo alto que es. Me saca una cabeza.

Se inclinó sobre mi rostro y rozó sus labios con los míos. El beso más leve y delicado del mundo... Nada más.

Se apartó y me miró a los ojos, buscando una respuesta a aquel gesto. Entonces fui yo la que me puse de puntillas y besé un instante sus labios. Solo un instante, y después me aparté.

Nos quedamos mirándonos el uno al otro, turbados... y creo que también felices. Pero la magia duró solo unos segundos... porque, enseguida, algo ensombreció de nuevo su rostro.

—No quiero enamorarme —dijo, desafiante—. Sería una idiotez. ¡Estamos en guerra!

No me sentí con fuerzas para contestarle. Dolía demasiado, así que huí de la cocina y me encerré a llorar en mi habitación.

Capítulo 9

El domingo amaneció despejado. En el exterior hacía mucho frío, pero el sol arrancaba destellos de las cúpulas doradas de las iglesias y de los tejados de pizarra y toda la ciudad resplandecía alegre, como si la guerra fuese una pesadilla lejana. Dmitri nos consiguió un taxi para ir hasta el crematorio del cementerio de Baikove, uno de los más antiguos de Kiev. Mi madre metió una bolsa de deporte grande en el maletero y el taxista la cubrió con mantas.

Davyi y yo ocupamos los asientos traseros, y mi madre se subió delante con el conductor.

—¿Qué llevas en esa bolsa, mamá? —pregunté.

—Nada, es un encargo de Dmitri. Se lo dará el taxista.

Aunque no había toque de queda, la ciudad se encontraba casi desierta esa mañana. Los amplios bulevares flanqueados de elegantes edificios del siglo XIX me parecían irreales, como el decorado de una película. Davyi miraba distraído por su ventanilla, pero en un momento dado me cogió la mano y la apretó con suavidad entre las suyas. Solo duró unos instantes... En el retrovisor, mis ojos se encontraron con la mirada curiosa de mi madre. ¿Nos habría visto?

—Ya verás qué raro es el crematorio, Alma —dijo mi madre en inglés, para no excluir a Davyi de la conversación—. Es una construcción de la época soviética. Cuando se hizo, en los años sesenta del siglo XX, todavía estaban demasiado recientes los hornos crematorios de los nazis, y eso traía muy malos recuerdos, como os podéis imaginar. Así que los arquitectos que se encargaron del proyecto quisieron hacer algo totalmente distinto, que no recordase la época de los nazis, que no enlazase con el pasado, sino con el futuro... Y ya veréis el resultado.

Lo vimos enseguida, y me pareció todavía más raro de lo que me había imaginado al oír a mi madre. El crematorio tenía el aspecto de una nave alienígena que se hubiera partido en dos al aterrizar. También podía compararse con el cascarón roto de un huevo gigante... o con un edificio neoclásico visto a través de una lente que curvaba todas sus superficies. A pesar de lo extraño que resultaba, yo lo encontré bonito y tranquilizador.

Mi madre pagó al taxista y recogió la bolsa deportiva del maletero. Yo había entendido que se la iba a dejar a él. Iba a preguntarle por qué no lo había hecho al final, pero no me dio tiempo. Mi madre estaba saludando con la mano a un grupo de mujeres que esperaban bajo uno de los arcos del edificio. Valentina, la amiga de Olga, ya había llegado, y la acompañaban otras tres o cuatro ancianas a las que había avisado. Me pregunté dónde estaría el perrito de la bailarina. El pobre se habría quedado en su nuevo hogar sin tener ni idea de la desgracia que había ocurrido.

Resultó que teníamos que esperar a que nos entregasen la urna con los restos incinerados de Olga, así que Davyi y yo fuimos a dar una vuelta por la parte antigua del cementerio para hacer tiempo. Algunas de las viejas lápidas estaban decoradas con figuras de ángeles de mármol. Los había sonrientes, desafiantes, dormidos, serenos, melancólicos... Los escultores los habían representado en todas las posturas posibles. La mayoría presidían de pie el descanso eterno del difunto al que homenajeaban, pero otros aparecían sentados en su tumba, pensativos, o incluso tendidos de lado sobre ella, con el codo doblado bajo la cabeza, a modo de almohada.

—Ya no se hacen tumbas así —observó Davyi.

Me pregunté si estaría pensando en su abuela, en qué habría sido de sus restos, si los habrían enterrado... Me estremecí.

—Son esculturas impresionantes, pero no hace falta nada de esto para recordar a las personas que queremos —dije, por decir algo.

Davyi me miró con una sonrisa irónica que no supe interpretar.

—Vamos a volver, a lo mejor ya han terminado —fue todo lo que contestó.

Regresamos al crematorio justo a tiempo de acompañar al pequeño cortejo que formaban mi madre y las antiguas compañeras de Olga para llevar la urna de sus cenizas hasta el nicho donde reposarían para siempre. Un sacerdote ortodoxo que nadie sabía de dónde había salido pronunció algunas oraciones en voz baja. Escuchamos en silencio. El conductor del coche fúnebre, que era todo el personal aportado por la funeraria, se encaramó a una escalera para subir la urna al hueco en la pared.

—Más tarde vendrán a sellar el nicho —explicó mi madre—. Eso me han explicado.

—Da pena que ni siquiera haya flores —comenté.

—Pero sí las hay. Ahora verás.

Abandonamos el parque de la Memoria, como se conocía aquella zona del cementerio, con las amigas de Olga. Valentina les iba explicando algo en ucraniano. Yo no lo entendí, pero Davyi sí, y me fijé en que miraba a mi madre con una mezcla de asombro e incredulidad.

—¿Es verdad lo que dicen? —le preguntó en inglés—. ¿Vamos a pintar flores?

Mi madre asintió.

—Sí. Ya que no tenemos flores de verdad para despedir a Olga como se merece, las pintaremos. En la bolsa tengo todo lo necesario. Allí donde veamos escombros, ruinas, señales de la guerra, pintaremos una flor.

Las ancianas compañeras de Olga parecían entusiasmadas con aquella guerrilla hippie que se había inventado mi madre. Tardamos un buen rato en encontrar un sitio adecuado para empezar. Era el muro de un solar vacío. No parecía afectado por la guerra, pero la calle estaba desierta y el grupo decidió que era un lugar perfecto para comenzar el homenaje.

Mi madre repartió espráis de pintura entre las ancianas. A mí también me dio. Davyi no quiso cogerlos.

—No sé dibujar y no me gusta —se excusó.

Mi madre se encogió de hombros.

—Bueno, pues tú vigila y nos avisas si se acerca alguien.

No era mi primer grafiti. He acompañado muchas veces a mi madre en acciones de arte urbano, y una flor... no

4 HW

tiene mucha ciencia, la pinta cualquiera. Así que llenamos aquella pared de flores en apenas unos segundos. Algunas personas nos observaban desde los balcones y nos grababan con el móvil. Mamá también hacía fotos y grababa.

Después del muro, pintamos girasoles en unos baches de la acera, y luego caminamos largo rato. Mi madre había visto en internet que en las inmediaciones del río quedaban restos de coches incendiados en una barricada. Nos dirigimos allí y nos pusimos a pintar los coches. Poco a poco se fue congregando gente a nuestro alrededor. Incluso recibimos algunos aplausos. Todo el mundo sacaba el móvil para hacer fotos y grabar vídeos.

Intenté concentrarme en las flores para no ponerme nerviosa. Estaba haciendo girasoles con pintura marrón, negra y amarilla sobre la carrocería oxidada de una furgoneta abandonada. Me gustaba el efecto de los pétalos amarillos sobre el metal oxidado. Pensé que nos hacía falta un poco de azul para representar mejor a Ucrania. Azul y amarillo...

—Cuidado, ¡policía! —alertó Valentina en inglés de repente.

Nos pusimos todas a recoger para salir corriendo, pero mi madre me detuvo.

—Es mejor no huir. No os preocupéis, daremos las explicaciones necesarias. Es normal que nos pregunten.

El coche de policía se detuvo en la acera de enfrente y salieron tres agentes, una mujer y dos hombres. La mujer nos gritó algo en ucraniano. Vi que las ancianas dejaban los aerosoles en el suelo y alzaban las manos, así que yo hice lo mismo.

Los policías se nos acercaron, comprobaron que no íbamos armadas y comenzaron a hacernos preguntas. Intentaban mostrarse serios y un poco amenazadores, pero, en el fondo, se notaba que toda la situación les divertía. Un comando de ancianas y dos extranjeras pintando girasoles... Debíamos de ofrecer un aspecto bastante pintoresco.

Irina, una anciana exbailarina de largos cabellos rojos y vestida con un abrigo largo que le marcaba mucho su preciosa cintura, fue la que se erigió en portavoz del grupo. Con una voz agradable y persuasiva comenzó a dar todo tipo de información a los agentes. Cuando su tono se volvió lastimero, adiviné que estaba contando la muerte de Olga. Los policías parecían conmovidos. No interrumpieron en ningún momento su relato. Cuando terminó, alguien aplaudió desde los balcones de enfrente.

Los agentes le contestaron en un tono muy amable. No sé qué estaban diciendo, pero me quedó bastante claro que no podíamos continuar con nuestra «performance». De todos modos, sonreían con tristeza cómplice. Yo creo que eran muy conscientes de que todo aquello se estaba haciendo para las redes sociales y no querían quedar como los malos de la película.

Por un momento, pensé que nos iban a esposar, pero se limitaron a requisar la pintura y a apuntar los nombres y apellidos de todas. Me estaban preguntando a mí, cuando una furgoneta blanca con un rótulo anaranjado en el costado se detuvo a pocos metros. Las ancianas reaccionaron dando grandes muestras de excitación.

—*Television!* —me dijo Valentina, y apuntó a la furgoneta—. *For the News!*

Así que íbamos a salir en la tele y todo... Busqué a Davyi con la mirada. Quería ver cómo reaccionaba.

Sin embargo, Davyi ya no estaba con nosotras. En ese momento me di cuenta de que no lo había visto en mucho rato. Ni siquiera nos había alertado él de la llegada de la policía, aunque se suponía que era el vigilante... En lugar de avisarnos, se había largado. Era lo último que me habría esperado de él, que saliese huyendo y nos abandonase. ¡Y yo que creía que no tenía miedo de nada, y que era capaz de enfrentarse a cualquier peligro!

Capítulo 10

El día se complicó bastante después de la aparición de la unidad móvil de televisión. Querían entrevistarnos, pero la policía intervino para evitarlo y nos ordenaron que esperásemos mientras recibían órdenes de sus superiores. Estaba claro que, por un lado, nuestro homenaje a Olga era una buena historia para apoyar la causa de Ucrania en las redes sociales, pero, por otro, temían que plantease problemas se seguridad. Nos tuvieron media hora esperando a escasos metros de los reporteros sin permitir que hablásemos con ellos. Al final, decidieron llevarnos a comisaría para tomarnos declaración. Fue un trámite bastante largo. Después de firmar largas declaraciones sobre lo sucedido, nos recibió una inspectora de policía a la que no habíamos visto antes. Primero habló con las ancianas amigas de Olga en ucraniano. Nos pareció que la charla transcurría en un tono amigable. El resultado fue que las ancianas se despidieron de nosotras y se marcharon. A continuación, la inspectora se dirigió a mi madre y a mí en inglés.

—Ha sido una acción muy bonita. Su amiga en el cielo estará contenta —dijo—. Pero no podemos permitir que continúe. Estamos en guerra, es peligroso.

—Es una pena —opinó mi madre—. Las imágenes de la acción se están haciendo virales en Instagram y en TikTok..., creo que es una buena imagen para la ciudad y puede ayudar a Ucrania en esta guerra.

La inspectora sonrió con condescendencia.

—Bueno... Solo son flores. No hace mal un poco de color en medio de tanta tristeza, pero mucho cuidado con lo que suben a internet. No pueden aparecer elementos que permitan identificar el lugar exacto, ni matrículas de vehículos, ni personas que no participasen directamente en la acción. Y otra cosa... No lo vuelvan a intentar. Para evitar tentaciones, las pinturas se van a quedar aquí en comisaría. Ya sé que pueden conseguir más, aunque Kiev es una ciudad en guerra y todo escasea... De todas formas, no lo hagan.

Tardamos horas en llegar al apartamento. Estábamos exhaustas. Al llegar al rellano, no pude evitar mirar con pena la puerta de Olga. Ya nunca más se abriría para nosotras. Iba a echarla de menos.

Mientras mi madre dejaba sus cosas en el recibidor y se iba directa a tumbarse en el sofá, yo saqué el móvil con la esperanza de tener algún mensaje de Davyi, pero no había ninguno.

Por suerte, tenía su número grabado y en el apartamento había wifi. Me quité las botas, me tumbé en la cama y le llamé.

La primera vez me saltó el contestador. Colgué y volví a marcar. Después de un par de tonos, contestó.

—Lo siento —fue su saludo—. No podía quedarme.

—No ha estado bien dejarnos solas así. Justo cuando apareció el peligro.

—No era un verdadero peligro para vosotras. Para mí, sí.

—¿Por qué? ¿La policía tiene algo en tu contra? ¿Has cometido algún delito?

—No, Alma, no he hecho nada —contestó en tono impaciente—. Oye, tengo que colgar. Si no volvemos a vernos, te deseo que tengas una vida muy feliz. Te lo mereces.

Aquello sonaba a despedida definitiva. Se me hizo un nudo en la garganta.

—Pero ¿adónde vas a ir? No tienes familia, y, ahora que no está Olga... No te vayas. Mi madre y yo podemos ayudarte.

—Gracias. Pero tengo otros planes.

—Quieres alistarte. Pero no te van a dejar —murmuré.

—Tengo un contacto. Está todo arreglado. No interfieras, Alma. Esto es una guerra. Yo... Si todo fuera distinto... Hay muchas cosas que querría decirte. Me gustaría conocerte mejor. Ha sido todo tan... Pero ahora no puede ser, yo no puedo, no tengo nada que...

No terminaba ninguna frase. Le interrumpí. Podía notar las lágrimas en mis ojos.

—No puedes despedirte de mí así. No después de... de todo lo que... —ahora era yo la que no sabía cómo terminar de decir lo que quería—. Por favor, vamos a quedar para despedirnos. No me digas que no.

Se hizo un silencio al otro lado de la línea. El corazón me latía tan fuerte que me hacía daño.

—Bueno, está bien. En el muelle Obolon, donde el templete de música, dentro de media hora.

Colgamos. Me quedé un rato tumbada en la cama, aturdida. No quería pensar.

Mamá apareció en el umbral de mi habitación.

—¿Estás bien? ¿Con quién hablabas?

—Con Davyi. Dice que va a alistarse en el ejército.

—No le dejarán, es demasiado joven.

—Dice que tiene un contacto... He quedado con él en el muelle Obolon para despedirnos.

Mi madre torció el gesto.

—Es ilegal que un menor vaya al frente. Podría avisar a la policía para que lo impida. Esa inspectora me ha dado su teléfono, puedo llamarla...

—¡No, por favor! —exclamé horrorizada—. Davyi se sentiría traicionado. No puedo hacerle eso.

Mi madre me miró unos instantes pensativa. Finalmente se encogió de hombros.

—De acuerdo. Haz lo que quieras.

Un cuarto de hora después estaba en la calle, camino del muelle. Se había hecho de noche y una bruma ligera emborronaba la luz de las escasas farolas. Seguramente la ciudad estaba mejor iluminada antes de la guerra... Ya no lo recordaba.

En aquella zona apenas pasaban coches, a pesar de que ese día no había toque de queda. Los semáforos estaban casi todos en ámbar. Tampoco había muchos peatones. Mientras atravesaba las calzadas desiertas, me iba preguntando qué haría si de repente sonaban las sirenas. ¿Dónde podía refugiarme? Intenté tranquilizarme pensando en que siempre podía consultar en el móvil el plano del metro y dirigirme a la parada más próxima.

Un ancho paseo de arena conducía al templete de música entre arbustos cuidadosamente recortados, como en un jardín francés. La iluminación era muy pobre, pero me bastó para distinguir la silueta de Davyi desde lejos. Detrás de él, el Dniéper reflejaba las luces de la otra orilla.

Davyi me esperaba de brazos cruzados. Cuando llegué a su altura, no me abrazó ni cambió de postura.

—Gracias por venir —le dije.

—No. Gracias a ti. Y perdona. Perdóname por todo. Ojalá nos hubiésemos conocido en otro momento. —Alargó la mano enfundada en un guante que le había conseguido Olga y me acarició levemente la mejilla—. A lo mejor, cuando todo esto termine...

Una vez más, dejó la frase sin acabar.

Fuimos a sentarnos en un banco. Estaba algo húmedo por la bruma, pero los dos llevábamos parkas gruesas e impermeables.

—No tienes que ir al frente —dije—. Es una locura. No tienes edad para eso. Piensa en tu abuela, ¿crees que habría estado de acuerdo? Ella habría querido que vivieras.

—Ella ya no está aquí.

—Pues piensa en tus padres. Imagínate lo que te dirían si estuvieran vivos.

—Eso me da igual. Ellos son ellos y yo soy yo.

La dureza de su tono me sorprendió. Observé su perfil inmóvil, su mirada clavada en los reflejos del río.

—¿Es que no te importa? —pregunté—. Piensa un poco en ellos.

Se volvió hacia mí. Había una rigidez extraña en su expresión.

—¿Por qué voy a pensar en ellos? Ellos no han pensado en mí. No han pensado en mí en ningún momento.

Estaba hablando en presente. Se me hizo un nudo en la boca del estómago.

—Están vivos —murmuré.

No era una pregunta, pero Davyi contestó:

—Eso a ti no te importa. No le importa a nadie.

—Pero no lo entiendo. ¿Por qué has mentido? Si están vivos, ¿por qué no estás con ellos?

Sus ojos volvían a estar clavados en el Dniéper. Era como si no me oyese.

—Nos has engañado a todos... ¿A Olga también? ¿Ella lo sabía?

Se encaró conmigo por fin, irritado.

—Déjalo ya. ¿Qué es esto, un interrogatorio? No tengo por qué darte explicaciones. Ha sido un error venir. Sabía que no tenía que hacerlo.

De repente, sentí que no tenía fuerzas para insistir. ¿De qué iba a servir? Él no quería contarme nada y yo no iba a hacerle cambiar de opinión. Para él solo era alguien que se había cruzado en su camino, y lo que yo sintiese no tenía ninguna importancia.

Me dolía su rechazo, y al mismo tiempo me dolía su soledad, el desamparo que intuía detrás de su mentira. Algo muy duro tenía que haberle pasado con su familia para que decidiese proclamar a los cuatro vientos que estaban muertos cuando no lo estaban.

No intenté retener las lágrimas que empezaban a rodar por mis mejillas. Me hacía bien llorar, y Davyi ni siquiera me miraba, así que no iba a notarlo.

Nos quedamos así sentados en medio de la bruma unos minutos más, hasta que Davyi se levantó.

—Puedo acompañarte a tu portal, si quieres. Pero tiene que ser ya. Tengo que irme.

Me quedé sentada. Davyi seguía sin mirarme, pero yo sí lo miraba a él. ¿Por qué no iba a hacerlo? No me avergonzaba de nada.

—No hace falta, prefiero quedarme un rato más —dije.

Eso hizo que sus ojos, lentamente y como a regañadientes, regresasen a los míos.

—¿Seguro? Esto está muy solitario. Y tú eres miedosa...

—No. Me dan miedo cosas diferentes de las que te dan miedo a ti, pero eso no significa que sea cobarde.

—Perdona. No quería insultarte.

—Además, tener miedo no es ningún crimen —continué, imparable—. Y no tenerlo, a veces, es bastante estúpido. De todas formas, tú no eres Juan Sin Miedo. Ahora, por ejemplo, estás bastante acobardado.

—¿Quién es Juan Sin Miedo?

—El personaje de un cuento. Lo he traducido literalmente del español al inglés. No sé cómo se llama en inglés.

—Lo buscaré.

—Lo que quiero decir es que a ti también te dan miedo cosas. Huiste de la policía. ¿Qué es lo que te da miedo? ¿Que te encuentre tu familia?

Davyi me sostuvo la mirada en silencio.

—Da igual —murmuré—. No esperaba que me contestases.

Intentó sonreír, aunque lo que le salió fue una mueca entre irónica y triste.

—Me caes bien, Alma. Eres especial. Y sé que no eres cobarde en el fondo.

—Ah, ¿sí? Pues nada. Me alegro de haber pasado el examen.

—Entiendo que estés enfadada, pero no puedo contarte nada más.

Con un suspiro, me puse en pie. No quería que mis palabras de despedida sonasen a reproche.

—Tú también eres especial, Davyi. Cuídate mucho —murmuré.

Él me atrajo hacia sí y me abrazó con una fuerza que no esperaba..., como si le doliese de verdad separarse de mí.

Capítulo 11

A las tres y veinte de la mañana encendí la luz. Por mucho que lo intentara, esa noche no iba a poder dormir.

No le había contado a mi madre lo que había descubierto sobre los padres de Davyi para no traicionar su confianza... Pero empezaba a arrepentirme de haber tomado esa decisión. Necesitaba consultar con alguien. No sabía qué hacer. Incluso se me pasó por la cabeza ir a su habitación y despertarla... Aunque eso habría sido demasiado cruel. La pobre estaba agotada después del funeral de Olga, la acción de las pintadas y las explicaciones a la policía.

Llevaba horas haciendo cábalas, intentando adivinar lo que había pasado. ¿Qué motivo podía haber para que Davyi no quisiera saber nada de sus padres? Quizá eran prorrusos y él no estaba de acuerdo con su posición en la guerra... Procedía de una región con bastante población de origen ruso. Era una explicación bastante plausible.

Otra posibilidad era que sus padres se negasen a abandonar la ciudad y él no estuviese de acuerdo... o al contrario. Quizá Davyi había hecho algo de lo que se arrepentía, relacionado con la guerra, y pensaba que sus padres no podrían perdonárselo. O al revés: a lo mejor eran sus padres los que habían hecho algo que a Davyi le parecía imperdonable. Eso, suponiendo que realmente estuviesen vivos y bien. Porque había otra posibilidad: que de verdad hubiesen bombardeado su casa y Davyi no supiera si estaban vivos o muertos. Quizá no estaba solo con su abuela, sino con toda su familia. A lo mejor le había entrado pánico, había huido y ahora se arrepentía de haberse comportado de manera cobarde y no se atrevía a volver. Por eso quería alistarse en el ejército... Para demostrarse a sí mismo que no era un cobarde, como Lord Jim en la novela de Conrad.

Cábalas y más cábalas: no tenía nada sólido a lo que aferrarme, y era absurdo querer adivinar la verdad. La única manera de saber lo que había pasado era la que se me había ocurrido desde el primer momento: buscar a los padres de Davyi.

La cuestión era... ¿cómo? No podía ir a la policía y contar toda la historia. Eso podría poner a Davyi en un aprieto. Tenía que encontrar otra manera...

Se me ocurrió que podía colgar una foto suya en internet con muchas etiquetas y esperar a ver si sus padres la localizaban. Si lo estaban buscando, ellos o algún conocido suyo podría encontrar la foto y ponerse en contacto conmigo. Davyi no se alegraría, claro. Pero yo podría avisarle antes de contestar, y dejar que él decidiese lo que quería hacer.

Estuve buscando en las fotos que había hecho con el móvil durante el funeral de Olga y durante el homenaje de las pintadas de flores. Había tres o cuatro fotos en las que salía Davyi. Se le veía perfectamente, en dos de ellas de frente, en las otras de lado. Y también tenía un par de fotos del andén del metro. En una estaba dormido. Se le veía tan sereno... Despierto, nunca transmitía esa sensación.

Elegí una de las fotos del crematorio, la recorté y la amplié para dejar solo a Davyi y empecé el proceso para subirla a Instagram. No le apliqué ningún filtro, para que sus rasgos se distiguiesen lo mejor posible. En las etiquetas, escribí «missing», «Davyi», «adolescente desaparecido»... Luego las borré todas e interrumpí la subida.

No podía hacer aquello. No serviría de nada, y pondría sobre aviso a Davyi. Le había enseñado mi cuenta de Instagram. Podía buscarme fácilmente si quería. Y no me lo perdonaría si descubría lo que estaba haciendo... Además, la posibilidad de que alguien lo descubriera de esa forma era bastante remota. No tengo tantos seguidores. Los de mi madre han subido como la espuma desde que empezó a postear los dibujos de girasoles y otras flores desde Kiev, pero yo sigo sin llegar a los mil. Demasiado poco para que alguien te encuentre por casualidad.

Tenía que elegir otro camino. Pero ¿cuál?

Podía intentar hacerlo al revés. Si los padres de Davyi lo estaban buscando, probablemente habrían colgado su foto y su descripción en internet. Solo tenía que lanzar una búsqueda de imágenes en Google y lo encontraría...

Lancé la búsqueda con la foto ampliada que iba a subir a Instagram. No hubo suerte. El buscador no encontró ninguna foto similar. Probé con el resto de las fotos y ocurrió lo mismo.

Recurrí entonces a la búsqueda con palabras: introduje todos los términos que se podían asociar a la desaparición de Davyi: su ciudad (Járkov), su edad, el nombre, y la palabra

«missing». Pero claro, todo en inglés. Me salieron unos cuantos resultados de un preso que se había fugado de una cárcel en Nevada y otros relacionados con un videojuego. Nada que tuviese que ver con Ucrania.

Derrotada, miré la hora. Eran más de las cinco. Por primera vez en muchas horas, pensé en mi padre, que debía de haber llegado la noche anterior a Polonia. Estaría dormido, claro...

Él seguro que podía ayudarme. Sabe mucho más que yo de informática, y, además, tiene contactos. En un impulso, le envié por WhatsApp las fotos de Davyi y un audio resumiéndole su historia. Mi padre siempre apaga el móvil por la noche, así que no lo vería hasta la mañana, pero, aun así, después de enviárselo me sentí algo más tranquila.

Decidí intentar domir, pero antes fui a la cocina a beber un vaso de agua. Cuando volví a mi cuarto, vi que en la pantalla del móvil brillaba la alerta de un mensaje.

Abrí WhatsApp rápidamente. Mi padre había contestado. Odia teclear mensajes, así que sus respuestas suelen ser lo más breves posibles, y en este caso no hizo una excepción. Su mensaje solo decía:

«¿Despierta? ¿Te llamo?».

Contesté que sí. Y luego, en lugar de esperar a que me llamase él, lo llamé yo.

Lo cogió enseguida. Debía de tener el móvil en la mano.

—Qué susto me has dado —fue lo primero que me dijo—. Cuando vi un mensaje a estas horas me puse en lo peor.

No había caído en la cuenta de que, con la preocupación por lo que nos estaba pasando a mamá y a mí en Kiev, mi padre podía haber dejado el móvil encendido.

—Perdona —contesté—. No quería despertarte. Estarás agotado...

—Bueno, ya dormiré. Entonces, ¿quién es el chico ese y por qué hay que buscarlo?

Le resumí lo mejor posible todo lo que sabía de Davyi y la amistad que había entre nosotros, omitiendo los abrazos y las caricias en el pelo, por supuesto. Aun así, creo que mi padre adivinó la parte «censurada».

—Vale. Ya veo que es importante —dijo al final—. Tú ahora intenta dormir. Por la mañana me pondré con ello, a ver qué puedo hacer.

Lo increíble es que, después de hablar con él, no tardé en dormirme ni diez minutos. Era como si me hubiese quitado un peso gigante de encima. Él buscaría una solución. Solo había que esperar.

—Alma... ¿Me oyes? ¿Estás bien?

Sentada en la cama, mi madre había posado una mano en mi hombro con delicadeza. Me incorporé sobresaltada. La persiana estaba bajada casi del todo, pero, aun así, se filtraba bastante luz desde fuera... Debía de ser tardísimo.

—Los hemos encontrado —dijo mi madre.

Me quedé mirándola aturdida.

—¿A quiénes?

—A los padres de Davyi. Acabo de hablar con papá. Ha sido bastante fácil. ¡Pobrecillos! Están destrozados. Y da la casualidad de que se encuentran en Polonia, a solo cincuenta kilómetros de donde ha dormido él.

Capítulo 12

Pulsé el nombre de Davyi en mis contactos con un dedo tembloroso. No estaba segura de querer hacer aquello. Ni siquiera sabía si era lo correcto. Lo único que tenía claro era que Davyi no se lo iba a tomar bien.

Lo peor fue que no me lo cogió a la primera. Ni a la segunda, ni a la tercera... Temí que me bloquease si seguía insistiendo, pero, aun así, lo intenté por cuarta vez.

—Alma, no puedo hablar —oí por fin al otro lado de la línea.

Por el sonido de su voz, noté que se encontraba al aire libre. ¿Dónde estaría? De fondo se oían voces masculinas y ruidos metálicos, chasquidos, golpes, ruedas...

—Es un momento. He encontrado a tus padres. Están en Polonia —contesté atropelladamente.

Un silencio. Un silencio larguísimo.

—Bueno, los ha encontrado mi padre —continué, al ver que no decía nada—. Están muy contentos, estaban destrozados, Davyi. Creían que podías haber muerto.

—Me has traicionado —respondió por fin—. No vuelvas a llamarme.

Colgó.

Yo estaba sentada en pijama a la mesa de la cocina. Mamá, de pie, vertía el agua humeante de la tetera en dos tazas. Posó la tetera en uno de los fogones y se volvió a mirarme.

—Vuelve a llamarle.

No sé por qué, toda la irritación que sentía se volvió contra ella.

—¿Para qué? No tenía que haberle llamado —repliqué en un tono estridente que hasta a mí me desagradó—. Es su vida. No quiere saber nada. Siempre estamos metiéndonos en la vida de los demás. Organizándoles la vida. Tú por ejemplo ayer, con esas pobres ancianitas. Por tu culpa, casi terminan en la cárcel. Y los niños en el refugio, dibujando... Todo el mundo tiene que hacer algo. Todos tienen que movilizarse.

—Cálmate. Creo que sería mejor que llamases, pero haz lo que quieras.

Me tendió una taza que olía a té. Sentí que mi ataque de furia se disolvía en aquel aroma intenso y punzante.

—Perdóname.

Mi madre se sentó a la mesa y puso su mano derecha en mi brazo.

—Las guerras hacen esto —dijo—. Pobre Davyi. Pobres todos. Papá dice que son una familia normal. La madre es profesora de Literatura, el padre tenía una pequeña librería. No es un chico maltratado ni nada parecido.

—¿Y tú cómo lo sabes? A papá le habrán contado su versión.

—Al menos, tenemos su versión. La de Davyi no.

En ese momento sonó mi móvil. Era Davyi.

Descolgué enseguida.

—Hola —dije, y me eché a llorar.

—Alma, perdona. Sé que tu intención era buena, pero no tenías que haber hecho nada.

—Perdóname. Pensé que era lo mejor.

—No quiero volver con mis padres. No quiero verlos nunca más. Son unos cobardes. Mi padre... Estamos en guerra. Debería haberse quedado. Ir al frente. Pero no. Se puso histérico, cargó el coche. Nos vamos, era lo único que contestaba a todas mis preguntas. Podrían haberse ido mi madre y mi hermana. Mi madre conduce mejor que él. Habría llegado sin problemas a la frontera. Le propuse que nos quedásemos él y yo, que fuésemos a alistarnos. Era nuestro deber. Pero no.

—Eso me suena un poco machista, ¿no? Las mujeres se marchan, los hombres luchan...

—¿Y cómo crees que funcionan las guerras? Si todos los hombres hubiesen reaccionado como mi padre, Ucrania ya no existiría hoy. Seríamos parte de Rusia. Nuestra bandera, nuestra lengua... Todo lo habrían prohibido. Había miles de detenidos. Torturados. Deportaciones... Ya las está habiendo. Si todos fueran como mi padre, viviríamos en el horror.

—Pero él tendrá sus razones. Si está en contra de la violencia, si va contra sus principios...

—¿Qué principios? Lo que pasa es que es un cobarde. Solo quiere vivir tranquilo. Sus libros, sus grandes y maravillosos libros rusos. Los dos son iguales en eso, mi madre también. Dicen que no pueden odiar a Rusia porque aman demasiado a Tolstoi.

—Pero eso no es tan disparatado —murmuré.

Oí la risa destemplada de Davyi al otro lado.

—No, al contrario, claro. Es lo más sensato. La cobardía es lo mejor para sobrevivir. Todos descendemos de homínidos cobardes, porque los valientes no salían corriendo cuando atacaban los depredadores y se extinguieron. ¿Sabías eso? Es lo que hemos heredado en nuestra genética, somos miedosos por naturaleza: sobrevivir a cualquier precio. Pero no vale la pena. Sobrevivir sin libertad, sin dignidad... ¿tú quieres eso? Yo no.

Estaba sobreexcitado. Su voz era más aguda de lo normal, y se mezclaba con los ruidos y golpes de fondo.

—¿Dónde estás?

—Con un comando. Estamos montando una barricada. Paramilitares.

—Vuelve, Davyi. Por favor, solo habla con ellos. Tengo todos sus datos. ¿Qué más da que tu padre sea un cobarde? Sigue siendo tu padre. Te ha cuidado, le debes mucho.

—No ha hecho más que lo que tenía que hacer. Si traes un hijo al mundo, tienes que cuidarlo. No hay ningún mérito en eso. Lo hacen los gatos, hasta las ratas.

—Pero ¿él llegó a explicarte por qué había tomado esa decisión?

Davyi tardó un momento en contestar.

—Todo eran excusas —dijo—. Según él, lo hacía por nosotros. A él no le importaba dar su vida, pero sí le importábamos nosotros. Como si él fuese imprescindible. Vaya estupidez.

—De todas formas, piensa en lo que estarán pasando. Solo habla con ellos y luego decides. ¿Qué puedes perder?

—Enviarán a buscarme. Harán todo lo que puedan para obligarme a ir con ellos.

—¿Y eso te da miedo?

Lo dije a propósito, para irritarle, para hacerle reaccionar. Y lo conseguí.

—No me dan miedo —contestó agresivo—. No pueden hacer nada para que vaya a Polonia con ellos, y ellos son demasiado cobardes para venir aquí.

—A lo mejor, lo que te da miedo es tu reacción. Ablandarte —insistí.

—Sí. A lo mejor —contestó irónico.

De nuevo silencio. Y aquellas voces broncas de fondo.

—Tengo que irme. Buena suerte, Alma. Y, por favor, no vuelvas a cruzarte en mi camino.

Ni siquiera me dejó despedirme. Interrumpió la conexión.

Levanté los ojos hacia mamá, que me estaba observando.

—Es un adolescente terco y tontorrón —me dijo con una sonrisa triste.

—¿Por qué crees que su padre no querría alistarse?

Mi madre arqueó las cejas.

—No lo sé. Puede haber miles de razones. Yo creo que hay más razones para no querer ir a matar y a morir que para querer hacerlo. Entiendo la situación aquí. Entiendo que no puedes arrodillarte y aceptar que te pisoteen sin más. Lo que no me gusta es que ni siquiera te dejen tomar tu propia decisión. En una guerra, no está permitido pensar, decidir según tu conciencia. La comunidad te obliga a combatir. Y, si te niegas, eres escoria, lo peor. Me parece durísimo.

—Pero es que, si no, nadie iría al frente...

—Entonces, ¿hay que obligar? ¿Y por qué a los hombres sí y a las mujeres no? La guerra es primitiva, es aberrante. Ninguna salida me parece buena. Yo no sé lo que hay que hacer, solo digo que un mundo en el que alguien se ve obligado a matar no es un mundo en el que me guste vivir.

Capítulo 13

A mediodía sonaron las sirenas y tuvimos que bajar al refugio. Fue extraño, porque el ambiente no se parecía en nada al de las primeras noches. Había animación, casi euforia... Y, en buena medida, era gracias a mi madre.

La campaña de los girasoles en redes sociales no hacía más que crecer. Sumaba ya cientos de miles de visitas, y varios periódicos de distintos países se habían hecho eco de su repercusión. Hasta había salido en la CNN... Los girasoles pintados por las niñas del refugio y por las ancianas bailarinas se habían convertido en un símbolo de optimismo y resistencia. Había tan pocas cosas positivas en las noticias, que la gente se aferraba a lo que podía. Todo el mundo necesita algo de esperanza para levantarse por la mañana, lavarse, desayunar y seguir adelante como si hubiese un futuro.

En el andén del metro reinaba una agitación festiva. Todos los vecinos habían bajado los materiales de dibujo que tenían en casa. Blocs y lápices de colores, viejas pizarras con tizas, y hasta algún caballete con tubos de óleo. Otros dibujaban en sus *tablets* o en sus teléfonos. Cada vez que en el exterior resonaba un estallido lejano, la gente se ponía a cantar. Eran canciones populares que todo el mundo conocía menos nosotras. A mí aquello me resultaba ajeno, como si formase parte de una película y yo fuese una espectadora atrapada entre los personajes de ficción. No los entendía, ni siquiera era capaz de ponerme en su lugar. Me sentía horriblemente deprimida.

Mamá hablaba poco, miraba mucho el móvil, aunque allí abajo no había cobertura, y parecía distraída. Sospecho que se sentía como yo. Estábamos implicadas al máximo en la campaña de las flores, pero, en el fondo, no podíamos saber lo que pasaba por las mentes de todas aquellas personas. Estaban luchando por sus vidas, por sus casas. Nosotras... en pocos días nos iríamos de Kiev y probablemente no volveríamos nunca.

—Echo de menos a Olga —murmuró mamá mientras la gente entonaba la quinta o la sexta canción—. Era tan serena, tan elegante en sus reacciones... Fíjate: esa manera de ser, para mí, es la verdadera valentía.

—Supongo que hay muchas maneras de ser valiente —contesté.

—Y otras tantas de ser cobarde —mi madre meneó la cabeza, pensativa—. A lo mejor, hasta se puede ser cobarde y valiente al mismo tiempo. Creo que a mí me pasa.

—Sí. A mí también.

Escuchamos las canciones un rato en silencio. Era asombroso lo bien que entonaba aquella gente. En España, cuando un grupo de desconocidos une sus voces para cantar a coro, el resultado suele sonar bastante desafinado.

Poco a poco, las canciones se disolvieron en voces y risas. Cada uno volvió a concentrarse en su grupo y aquella armonía mágica que se había creado evolucionó hacia una cacofonía de voces mucho más anárquica y natural.

—¿Sabes? Han liberado a Nikolai —me dijo mamá.

—¿Cuándo te has enterado?

—Esta mañana. Cuando tú estabas hablando con Davyi. No he podido hablar con él todavía, le han requisado el móvil y me ha dejado un audio desde el teléfono de un amigo. Dice que está bien, pero que ha sido muy duro.

—Se irá de Rusia cuanto antes, ¿no?

Mamá hizo un gesto negativo con la cabeza.

—Ni se lo plantea. Dice que eso sería como desertar.

—Pero, quedándose, lo único que va a conseguir es que lo vuelvan a detener o algo peor...

—Ya. No puede hacer mucho. Pero no quiere que le echen de su país. Le he ofrecido que venga a España y que se instale con nosotras un tiempo, hasta que decida qué hacer... Supongo que debería habértelo consultado. De todas formas, ya suponía que me diría que no.

—A mí me cae bien Nikolai. Aunque se me haría muy raro tenerlo siempre en casa —dije con sinceridad.

—Bueno, solo habría sido una solución temporal. Pero ya no tenemos que planteárnoslo. No va a pasar.

Todavía permanecimos una hora más en el refugio. Yo apenas había pegado ojo por la noche, así que que quedé dormida un rato con la cabeza apoyada en el hombro de mi madre. Cuando por fin pudimos salir, ya era de noche y la bruma procedente del río envolvía en su gasa húmeda la luz de las farolas. A pesar de la pequeña siesta que me había echado, me sentía muy cansada, y caminaba arrastrando las piernas.

En el ascensor, me asaltó el recuerdo de Olga, y también de Davyi. Deseé que todo hubiera salido mejor. Un poco de suerte, solo un poco más de suerte y Olga habría conseguido a tiempo su medicina y no habría muerto... y Davyi no se habría ido.

Cuando llegamos a nuestro rellano, la luz del ascensor iluminó un bulto largo tendido a los pies de nuestra puerta. Pero enseguida dejó de ser un bulto, se incorporó y se convirtió en Davyi.

Mi sobresalto inicial se transformó en una mezcla de alegría y dolor.

—Vaya susto que nos has dado —dijo mi madre con cierta aspereza—. ¿Por qué no has bajado al refugio? No deberías estar aquí.

—Yo... Me he colado. Todavía tengo una llave de Olga —contestó Davyi torpemente, y se la mostró a mi madre, que se la cogió rápidamente y se la guardó en el bolso.

—Pues no deberías tenerla. De todas formas, podrías haber entrado en su casa.

—Quería esperar aquí.

Nuestros ojos se encontraron.

—Antes te he contestado mal —dijo—. Lo siento.

No contesté. Me había hecho daño, y decir que todo estaba bien, que no pasaba nada, habría sido mentir.

Mamá había abierto la puerta. Con un gesto, nos invitó a pasar delante de ella. Davyi me siguió hasta la cocina. Por fortuna, esta vez no se había ido la electricidad. Bajo la luz blanca de los fluorescentes, todo volvía a parecer normal. Era el regreso a lo sencillo, a lo cotidiano.

—¿Por qué has vuelto, Davyi? —preguntó mi madre.

Él esbozó una mueca que quería pasar por una sonrisa.

—Me han echado. Llegó un jefe y dijo que no podían aceptar a menores. Pero otros me cogerán.

Mi madre abrió una bolsa de patatas fritas y la puso sobre el mantel de cuadros. Ella cogió algunas, pero ni Davyi ni yo la tocamos.

Nos quedamos los tres sentados alrededor de la mesa. No hablábamos, ni siquiera nos mirábamos, pero no había incomodidad entre nosotros.

—Lo de los girasoles se ha hecho muy grande —dijo Davyi rompiendo en silencio—. Al principio me pareció una tontería, pero estaba equivocado. Hay muchas formas de luchar. Vosotras lo habéis hecho mejor que yo.

Mi madre puso los ojos en blanco.

—Esto no es un concurso, Davyi —murmuró—. Cada uno hace lo que sabe y puede. No hay un jurado. Y no hay veredicto.

—Ya. Lo dices por lo de mis padres.

Mi madre asintió con una expresión muy suya que quiere decir: «Vaya, eres un lince, lo has pillado».

—Lo he pensado —dijo Davyi—. Estoy dispuesto a hablar con ellos.

La cara de mamá cambió. Y creo que la mía también.

—Vaya, eso sí es valiente: cambiar de opinión —dijo—. Voy a hablar con mi exmarido y organizamos una vídeollamada. ¿Te parece bien?

Davyi asintió.

Mi madre se fue a su cuarto a prepararlo todo y nos quedamos los dos solos en la cocina.

—¿Quieres leche? ¿Un yogur? —le ofrecí.

—No. Me dieron un bocadillo antes de largarme. Siento mucho haberte contestado tan mal, Alma. Pero es que... no deberías haber hecho nada sin consultarme. Eso no se le hace a un amigo.

—No sé. No sabía qué tenía que hacer. Ni siquiera ahora sé si hice bien o mal. Lo siento.

Creo que aquella respuesta no le gustó mucho. Pero, antes de que tuviese tiempo de replicarme, apareció mamá moviendo el móvil y señalando a Davyi muy agitada.

En la pantalla se veía el rostro demacrado de una mujer rubia.

—¡Está aquí! —gritó mi madre en inglés—. Nadia, ¿lo ves? Te lo paso.

Exagerando mucho los movimientos de los labios, articuló en silencio «tu madre» y le tendió el teléfono a Davyi.

—Nosotras nos vamos —susurró—. Te dejamos solo.

Nos fuimos al salón, nos sentamos juntas en el sofá y pusimos la tele con el volumen muy bajo. Desde la cocina nos llegaban los monosílabos de Davyi y la voz calmada y agradable de su madre. Después, Davyi comenzó a intervenir más en la conversación. Aunque no entiendo ni una palabra de ucraniano, no podía dejar de escuchar, y no presté ninguna atención al culebrón turco que mi madre había sintonizado. Ella, según me pareció, tampoco.

Pensé que se tirarían horas hablando, pero a los diez minutos habían terminado. Yo esperaba que Davyi viniese enseguida a contarnos lo que se habían dicho. Sin embargo, no apareció.

Mi madre notó mi impaciencia.

—Ve tú a hablar con él —me dijo—. Le vendrá bien.

Me lo encontré en su silla de la cocina, con el cuerpo doblado sobre la mesa y la cabeza apoyada en los brazos, sollozando.

No sabía qué hacer. Me quedé petrificada un momento. Ni siquiera me había oído... Fui hacia él, me senté en otra silla y alargué el brazo con timidez. Esta vez, fui yo quien le acarició el pelo.

Noté que se estremecía. No levantó la cabeza y dejó que continuase acariciándolo. Poco a poco, los sollozos se fueron apagando. Yo tenía la sensación de que el tiempo se había detenido.

Por fin levantó la cabeza y me miró.

—Mi madre tiene cáncer de pulmón —dijo—. Bastante avanzado. Iban a viajar a San Petersburgo para un tratamiento experimental. Ahora eso ya no es posible.

Se me llenaron de lágrimas los ojos.

—Lo siento —acerté a decir.

Pero Davyi, a pesar de su forma de llorar hacía apenas unos segundos, ahora sonreía.

—Había una razón —dijo—. Fui un tonto, debería haberlo imaginado. Tenía que haber una razón.

Sentí una compasión infinita hacia él. Y hacia su madre, hacia su padre... Hacia todos. Incluso hacia mí.

Capítulo 14

—Deja de mirar el teléfono un rato —me dijo mamá sin apartar la vista de la carretera—. Te estás perdiendo el paisaje.

Apagué la pantalla con un suspiro y miré por la ventanilla. Me habría gustado atravesar esos campos dorados bajo el cielo azul que, según dicen todos, inspiraron los colores de la bandera de Ucrania, pero estamos a principios de marzo y ni el trigo ni otros cereales han madurado todavía. Tampoco se veían campos de girasoles, aunque son unos de los cultivos más importantes del país. Busqué en internet y descubrí que los girasoles se plantan en abril.

En ese momento estábamos recorriendo una llanura de tierra parda que apenas destacaba contra el gris pálido del cielo. No era un paisaje alegre, precisamente. Habíamos dejado atrás las retenciones de la salida de Kiev, y ahora circulábamos por una carretera sin apenas tráfico en nuestra dirección. En sentido contrario pasaban cada poco convoyes militares.

—Solo son las nueve y diez —continuó mi madre mirando de reojo el reloj del salpicadero. Igual lo conseguimos y llegamos hoy mismo a Leópolis. Si no anocheciese tan pronto...

No pude evitarlo y volví a abrir Whatsapp. Tengo todas las alertas desconectadas, porque me genera ansiedad que salten en cualquier momento, pero eso me obliga a consultar mil veces si quiero estar al tanto de lo que me escriben.

—Ya se pondrá en contacto contigo cuando pueda —dijo mamá—. Tú no te preocupes, está en buenas manos.

No hacía falta que me dijese a quién se refería, claro. Todo giraba alrededor de Davyi.

Sus padres tenían muchos conocidos en Kiev. Una vez que lo localizaron, activaron todos los mecanismos para que lo recogiese una amiga de la madre y lo llevase a la sede de una ONG que iba a gestionar su viaje con otras familias que se disponían a abandonar el país por motivos humanitarios. Nos despedimos pensando que todo eso llevaría varios días y que, mientras tanto, podríamos quedar alguna vez más. Hasta habíamos hablado de ir juntos a dar un paseo por el cementerio de Baikove y hacer fotos de sus ángeles de piedra.

Pero todo cambió de golpe cuando Dmitri, el galerista de mi madre, llamó para decirnos que por fin nos había conseguido un coche y que, si queríamos usarlo para llegar a la frontera polaca, necesitábamos salir cuanto antes.

Por lo visto, había llegado a un acuerdo con un concesionario de vehículos de segunda mano en Polonia que nos «compraría» el turismo en el que viajábamos (un modelo coreano bastante antiguo) cuando llegásemos a su país. Sonaba bastante complicado y no me enteré bien de los detalles, pero mamá opinaba que no podíamos dejar escapar aquella oportunidad. El aviso nos llegó por la noche. Ella se acostó un rato para descansar antes de conducir y yo hice el equipaje. El propio Dmitri nos trajo el coche hasta nuestro barrio.

Lo había cargado con media docena de botellas de agua, paquetes de galletas y queso envasado al vacío. Hasta había incluido un garrafón de gasolina, por si acaso.

—El depósito está lleno y hay gasolineras suficientes en la ruta, pero estamos en guerra, y algunas estarán sin suministros —explicó—. De todas formas, las cosas andan mejor que hace una semana. Yo creo que no tendréis problemas.

Mientras Dmitri le daba las últimas explicaciones a mi madre, yo llamé tres o cuatro veces a Davyi, pero tenía el móvil desconectado o fuera de cobertura. Y así habíamos salido de Kiev. Con los nervios por los atascos y la atmósfera tensa de los controles que nos obligaban a detenernos a cada paso, ni siquiera me volví una sola vez a mirar el perfil de la ciudad, sus cúpulas doradas brillando en la luz anaranjada del alba. Lo pensé demasiado tarde, cuando ya la habíamos dejado muy atrás.

Hasta ese último momento creí que Davyi aparecería. Le había dejado seis o siete mensajes contándole que nos íbamos. Él sabía moverse por la ciudad; estuviera donde estuviera, podría haber llegado a tiempo para despedirse. ¿Cómo era posible que tuviese el teléfono desconectado tanto rato?

Mamá se daba cuenta de mi angustia, pero no podía retrasar la partida. Teníamos por delante un viaje de once horas como mínimo, suponiendo que no surgiesen contratiempos y todo saliese bien.

Así que allí estábamos, atravesando una interminable llanura marrón, bajo un mar de nubes grises, en medio de la nada y en un país en guerra, y yo ni siquiera había podido

abrazar por última vez a la única persona en toda Ucrania capaz de acelerarme el corazón.

Intenté distraerme fijándome en las granjas dispersas aquí y allá en el paisaje. De vez en cuando atravesábamos un río, o pasábamos por zonas boscosas. A la orilla de la carretera podían verse algunos frutales cuajados de flores. Parecían tan frágiles... Se me hacía raro que se hubiesen atrevido a florecer a pesar de la guerra y del miedo. ¡Qué confianza ciega en el futuro! Tendríamos que aprender de ellos, a lo mejor.

—Hay una cosa que no dejo de preguntarme —le dije a mamá después de un largo rato de silencio—. Si la madre de Davyi no hubiese tenido cáncer, ¿qué habría pasado?

—No lo sé —me contestó—. No conozco tanto a Davyi como para saberlo. ¿Tú qué crees que habría pasado?

—Tampoco lo sé. Lo de la enfermedad le ha hecho ver de otra manera a sus padres. Ahora entiende que quisieran irse. Pero, si no hubiera sido por eso, a lo mejor se habría negado a volver con ellos.

Mamá asintió. Estaba pendiente de un camión enorme al que quería adelantar. No reanudamos la conversación hasta que lo consiguió.

—Yo lo que pienso es que Davyi necesitaba una excusa cualquiera para convencerse de que podía hacer lo que más deseaba en el fondo: volver a creer en sus padres.

—Pero, si no hubiera existido esa excusa, no les habría perdonado —murmuré.

—Probablemente no. Y habría sido el peor error de su vida.

Miré a mi madre con curiosidad.

—¿Por qué dices eso?

Ella se encogió brevemente de hombros.

—Davyi tiene una idea muy infantil de lo que significan el valor y la cobardía. Cree que cualquier hombre que no quiera combatir contra los rusos en Ucrania hoy es un cobarde.

—¿Y no es así?

Mamá buscó mi mirada un instante en el retrovisor central. Enseguida volvió a concentrarse en la carretera.

—Yo creo que no —dijo—. Le he dado muchas vueltas. Piensa en el doble significado de la palabra «valor» en español. «Valor» es coraje, pero también se refiere a lo que tiene más significado para nosotros, lo que ponemos por delante, lo que vale más. ¿Tú crees que es una coincidencia que se use la misma palabra para las dos cosas? Yo creo que no. El verdadero valor es responder por aquello que valoras, luchar por ello. O sea, respaldar tus valores hasta donde haga falta.

—Vale... Eso lo entiendo.

—Sí. Hasta ahí es fácil de entender. El problema viene cuando lo que tú valoras no es lo mismo que valoran los demás a tu alrededor: tu familia, tu comunidad o la sociedad en conjunto. Ahí... ¿qué es lo más valiente? ¿Luchar por mantenerte fiel a tus valores y ser fiel a ti mismo o renunciar a ellos para unirte a los demás?

—Ya veo por dónde vas. Pero es que eso... A ver, los valores de la guerra no le gustan a nadie. Todo el mundo prefiere la paz. Pero, si todos fuesen pacifistas en Ucrania, ahora estarían bajo un régimen totalitario sufriendo muchísimo...

—Claro. No es nada fácil la elección, porque todo es horrible —dijo mamá—. Pero hay que elegir. ¿Sabes lo que yo creo que es lo más difícil?

—¿Qué?

—Ser sincero contigo mismo. Mirar dentro de ti hasta descubrir qué es lo que tú valoras de verdad y actuar a partir de ahí. Eso da mucho miedo, porque... ¿y si descubres que lo que tú valoras te va a llevar a tomar decisiones incómodas, que nadie va a entender? Sí. Eso sí que da miedo.

Observé un momento su perfil todavía joven, los labios pintados, el pelo alborotado... Si había una palabra que la definía, era «vitalidad».

—Parece que has pensado mucho en todo eso —comenté.

Se rio.

—No te puedes imaginar cuánto. Y seguiré pensándolo. No es nada fácil eso de ser valiente. Tener coraje. *Courage,* en inglés. Sabes de dónde viene esa palabra, ¿no? De la misma raíz que «corazón».

—Al final, todas las respuestas están en las palabras.

—Yo no diría eso, Alma. Yo diría que las palabras contienen enigmas... plantean preguntas.

Me distraje mirando las casas de una aldea que estábamos atravesando. Tan diferente de un pueblo en España y, a la vez, tan parecido... Había unas mujeres con pañuelo en la cabeza hablando a la puerta de un supermercado. Se quedaron mirando el coche cuando pasamos.

—Hay una cosa que no te he dicho —continuó mamá—. Yo no vuelvo a España... Me voy a quedar en Polonia por un tiempo.

Sentí una opresión intensa en el pecho. Como si algo invisible me estuviese apretando y me impidiese respirar.

—¿Que te vas a quedar? —repetí tontamente.

—Sí. Es por la campaña de los girasoles. Me han contactado de ACNUR. Hasta me hicieron una entrevista *online*. Voy a colaborar con ellos. Prácticamente han montado un programa a mi medida. Llevaremos la acción de las flores a otros puntos de Ucrania. Las usaremos no solo para dar visibilidad a las víctimas del conflicto, sino también, y sobre todo, para ayudarlas. Como una especie de terapia a través del arte.

—¿Y por qué lo tienes que hacer tú?

Mi pregunta sonó quejumbrosa e infantil. Supongo que mi madre estaba preparada para aquella reacción.

—No lo tengo que hacer —me dijo—. Lo quiero hacer. Es lo que te intentaba decir antes, lo de no dar la espalda a lo que valoras, a lo que le da un sentido a tu vida. Yo creo que mi sitio ahora mismo está ahí, en ese trabajo. Y sí, me puedes decir que también está contigo, que sobre todo está contigo porque eres mi hija.

—No te lo iba a decir.

—Pero lo piensas. Y tienes derecho a pensarlo. No ha sido una decisión fácil para mí. Pero bueno... vivir es eso: decidir.

No encontré fuerzas para contestar. Además, ¿qué importaba lo que yo dijese? Ella no había contado conmigo para tomar su decisión.

—Por lo menos, podías habérmelo dicho antes —murmuré.

—Ya... Perdóname. Me daba miedo que no lo entendieses.

Otra vez silencio. Nos cruzamos con un nuevo convoy militar. Camiones y camiones con soldados en los remolques, furgonetas verdes y marrones... Me pregunté qué llevarían dentro. Seguramente, armas.

—¿Papá ya lo sabe?

—Sí —contestó mi madre—. Bueno, al principio no se lo tomó bien. Pero está encantado con la idea de que te pases estos próximos meses en su casa. Será bueno para los dos.

Suspiré, apoyé la cabeza en el reposacabezas y cerré los ojos. No conseguía imaginar cómo sería mi vida otra vez en Madrid. Estábamos a mitad del segundo trimestre, no tenía ninguna posibilidad de volver a clase. Mi padre me buscaría alguna ocupación, algún curso... seguro.

—Te voy a echar mucho de menos, Alma —dijo mamá.

—Ya.

No pretendía sonar sarcástica, pero me salió ese tono. Tenía la sensación de que a mí no me necesitaban en ninguna parte, al contrario... yo era una complicación para todo el mundo.

—Estamos haciendo historia, hija —continuó ella, casi con timidez—. Sé que suena pretencioso, pero lo siento así. No nosotras dos... todos. Los millones de personas que habitamos el mundo en este momento tan extraño. Tengo la sensación de que lo que haga cada uno cuenta.

—Pues yo tengo la sensación de que lo que haga yo o deje de hacer no cuenta nada y no le interesa a nadie.

—Te equivocas mucho. Eres una persona excepcional, hija, aunque tú no quieras verlo. Has ayudado a Davyi. Fuiste encantadora con Olga. Has demostrado mucho coraje en estas semanas. Coraje, ya sabes, de «corazón».

—Dices todo eso para animarme, porque soy...

—«Tu hija». —Mi madre completó la frase al mismo tiempo que yo. Me hizo reír.

—Bueno, vale, ya sé que no es por eso —admití.

—Pues, si lo sabes, deja de hacerte la adolescente victimista, porque esa no eres tú.

La verdad es que, aunque estaba intentando por todos los medios sentirme disgustada con mamá, no lo conseguía. Al contrario, me sentía impresionada con su nuevo trabajo... y hasta un poco eufórica.

Miré la pantalla del móvil y pulsé maquinalmente la aplicación de WhatsApp. Tenía dos mensajes de Davyi. Podía leer el comienzo del último.

«No llegué a tiempo, pero este es mi regalo...».

Pulsé el mensaje para leer el final.

«Pero este es mi regalo para ti. Espero que te guste. ¡Nos vemos pronto!».

El mensaje de arriba era una foto. Pulsé para ampliarla.

Un girasol. Un girasol gigante pintado en la pared de nuestro bloque en Kiev. Y en el centro, una frase en español escrita con un espray de pintura blanca:

«Te quiero, Alma».

TE QUIERO
ALMA

Epílogo

Hoy es 19 de julio. El calor no da tregua, pero aún es temprano y en la terraza del apartamento se está bastante bien. He venido con mi padre a pasar unos días en Denia antes de volver definitivamente con mamá. A los dos nos encanta Denia. Tengo estas playas asociadas con los mejores momentos de mi infancia, antes de que ellos dos rompieran y todo se volviese complicado... Al menos, el mar y la arena siguen aquí, tan mágicos y serenos como siempre.

Apenas hay olas. Miro la superficie tranquila del Mediterráneo, sin una sola cresta de espuma hasta el horizonte, y me cuesta identificarme con la Alma que hace solo unos meses vivía pendiente de las sirenas y de los toques de queda, temiendo a cada momento que una explosión terminase con todo. A veces me parece que no ocurrió de verdad, que fue un sueño. Y hay momentos en los que la vida de ahora es la que me parece irreal. Aprecio más que nunca la suerte que tengo por poder disfrutar de un día completo sin que nada me haga sentir amenazada, pero, al mismo tiempo, de vez en cuando me sorprendo recordando con nostalgia la intensidad de aquellas semanas en Kiev.

Creo que nunca volveré a sentirme tan viva como entonces. O a lo mejor sí. Porque lo que me hacía sentir viva allí no era algo que dependiera de los sobresaltos asociados al peligro o a la guerra. Eran otras cosas: la elegancia melancólica de Olga, la energía dulce de sus viejas amigas pintando flores por toda la ciudad, mi madre transformando el fracaso de su exposición en la mejor etapa creativa de su carrera, y Davyi: su desamparo, su necesidad de encontrarle un sentido a lo que estaba pasando, y su forma de hacerme un hueco en su vida.

Nada de eso se ha perdido. Olga se ha ido, pero la sigo recordando. Mamá vuelve en una semana, y Kiev es de nuevo una ciudad libre (ojalá siga así por mucho tiempo).

En cuanto a Davyi, a principios de este mes regresó con su familia a Ucrania. Su padre va a trabajar en una librería del centro de Kiev, y su madre continuará con su tratamiento allí. La operaron de su tumor pulmonar en Madrid, y la evolución ha resultado mucho mejor de lo que todos esperaban. Mi padre les ayudó a encontrar trabajo como traductores de ruso y ucraniano al inglés, y con eso han tenido suficiente para vivir estos meses. También han estudiado español, y eso les permitirá traducir directamente a nuestro idioma, que es algo bastante demandado. Pueden seguir haciéndolo a distancia, ahora que han regresado a su país.

Davyi sospecha que, en cualquier momento, su padre tendrá que unirse al ejército y marcharse al frente. Nunca hablan de eso, pero la posibilidad estaba ahí cuando decidieron regresar. Me lo contó con orgullo; para él es importante recalcar que se equivocó al juzgar a sus padres y que no son unos cobardes.

A Davyi le queda más de un año todavía para cumplir los dieciocho; solo espero que, cuando eso ocurra, la maldita guerra ya se haya terminado y no tenga que ir a luchar. Sé que ahora se avergüenza bastante de su huida y de las tonterías que hizo. Pero siempre dice lo mismo: «Si no hubiese sido por eso, no te habría conocido».

Lo vamos a tener complicado para vernos con frecuencia, y mantener una historia de amor a miles de kilómetros de distancia y con una guerra de por medio no va a resultar nada fácil. Pero yo lo voy a intentar, y sé que él también. Aunque suene ingenuo, tengo la esperanza de que, algún día, podamos construir una vida juntos. Falta mucho para eso, claro, pero, mientras tanto, cada vez que me entre nostalgia o me deje arrastrar por el desánimo, pensaré que no estoy sola, y que un chico maravilloso encontró fuerzas, en el peor momento de su vida, para coger pintura y pinceles y dedicarme un girasol en Kiev.

Ana Alonso

Un girasol en Kiev

Ilustraciones
de Luis F. Sanz

ANAYA

Taller de prensa

Introducción

La historia que has leído en estas páginas es ficticia, pero está inspirada en una noticia publicada en diversos medios periodísticos sobre la guerra de Ucrania. La noticia informaba de una iniciativa espontánea de la ciudadanía ucraniana que se había ido extendiendo en la primavera de 2022, y que consistía en pintar sobre los restos de vehículos bélicos abandonados.

La actualidad es a menudo una fuente inagotable de ideas para la creación literaria. Pero los géneros periodísticos son en sí mismos creativos y nos entrenan para generar textos informativos y argumentativos manejando fuentes fiables de información.

Sobre este taller

En este taller vamos a trabajar los distintos tipos de textos periodísticos de una manera lúdica. Abordaremos tanto los géneros informativos como los de opinión, e incluso la organización final de todos los textos en una única publicación, que puede ser un periódico de papel o digital.

Todas las propuestas que encontraréis en estas páginas se pueden abordar tanto de forma individual como organizándose en equipos.

Los géneros periodísticos

En un periódico podemos encontrarnos tres tipos de textos:

-Los textos informativos: su función es proporcionar información actualizada y veraz sobre sucesos o acontecimientos recientes. Se redactan en un estilo lo más objetivo posible y no incluyen valoraciones por parte del autor. Los más importantes son:

- **La noticia:** un relato objetivo e impersonal de hechos recientes de interés para el público.
- **El reportaje:** relato periodístico informativo más amplio que la noticia, que profundiza en un tema a través de una extensa investigación y documentación.
- **La entrevista:** texto que recoge una conversación entre una persona de interés para el público y el periodista.

-Los textos de opinión: su función es ofrecer reflexiones fundadas y argumentaciones sobre sucesos de actualidad. Incluyen:

- **El editorial:** texto sin firmar que refleja la postura de una publicación sobre un tema de actualidad.
- **La columna:** texto firmado por una personalidad relevante en el que se reflexiona y argumenta sobre un tema de interés para el público.
- **Cartas al director:** textos que los lectores dirigen a los periodistas de una publicación para comentar sus artículos y argumentar sobre ellos.

-Textos híbridos: son aquellos que incluyen tanto información objetiva como valoraciones y argumentaciones. Los principales son:

- **La crónica:** relato informativo de un suceso de actualidad en el que se incluyen las reflexiones y valoraciones del periodista que ha investigado los hechos.

- **La crítica:** información sobre un libro, película, disco, espectáculo o evento deportivo que incluye juicios de valor del autor del texto.

Escribe una noticia

«Noticia» viene de «nuevo», y no es casualidad. Estos textos informan de manera concisa y bien estructurada acerca de hechos que acaban de suceder.

Para escribir una noticia, sigue estos pasos:

1. **Elige el tema:** tiene que ser algo que haya ocurrido en las últimas horas. Puede tratarse de un suceso de tu entorno, local, nacional o internacional. Debes elegir algún hecho que tenga interés para tu público (en este caso, considera que tus lectores van a ser tus compañeros y otros alumnos y alumnas de tu centro educativo).

2. **Recopila información:** antes de escribir tu noticia, recoge información sobre los hechos. Lo ideal es obtener información de primera mano, acudiendo al lugar donde se ha producido el suceso o entrevistando a los testigos que lo presenciaron. Si esto no es posible, busca información de periodistas que sí hayan podido estar en el lugar del suceso o hayan entrevistado a los protagonistas para asegurar la veracidad de la noticia.

También puedes obtener información de testigos del suceso a través de internet y de los documentos gráficos que aporten. En todos los casos, es conveniente verificar la fiabilidad de la fuente. Comprueba que los testimonios proceden de alguien que no ha mentido previamente en internet, asegúrate de que las imágenes no están modificadas, y, si es posible, verifica cada información con tres fuentes independientes y fiables.

Puedes recurrir a páginas webs como «Maldito Bulo» para asegurarte de que la información que estás manejando no es falsa.

Estructura y redacción de la noticia

Una vez que tengas toda la información que quieras incluir en tu noticia, sigue estos pasos:

1. Redacta la entrada o primer párrafo de la noticia, que tiene que recoger los principales datos sobre el suceso. Puedes aplicar la regla de las seis w inglesas *(what, who, when, why and how,* es decir, qué, quién, cuándo, por qué y cómo), pero no de manera rígida.

2. Redacta el cuerpo de la noticia con el resto de la información. Puedes narrarla de forma cronológica (es decir, en el orden en que sucedieron los hechos) o en forma de pirámide invertida (contando en los primeros párrafos lo más relevante y dejando los detalles y anécdotas particulares para las últimas líneas).

3. Repasa tu texto y pon un titular, es decir, una frase en cuerpo de letra más grande que resuma en muy pocas palabras el contenido de la noticia y atraiga la atención.

Recuerda:

- Puedes incluir en tu noticia declaraciones textuales de los testigos de los hechos.
- Puedes estructurar la información por subtemas, asignando a cada subtema un párrafo.
- También puedes probar a dejar alguno de los datos o conclusiones más llamativos para el final.

Ideas para noticias: novedades que afecten a tu centro educativo o a tu ciudad, informaciones de actualidad sobre avances científicos, cambios recientes en tu comarca, noticias relacionadas con algún paraje natural cercano a tu localidad... Huye del morbo y de lo efectista y busca temas que realmente puedan interesar a tus lectores.

El reportaje

Para escribir un reportaje, necesitas elegir un tema de actualidad sobre el que quieras profundizar y puedas hacerlo. Lo que se espera de este tipo de textos es que vayan más allá de la información que se puede encontrar en una noticia ofreciendo un contexto bien documentado que permita comprender mejor lo ocurrido.

Algunos temas para reportajes (te pueden servir de inspiración)

Puedes escribir un reportaje sobre:

- Una tendencia que se haya puesto de moda.
- Un nuevo dispositivo, red social o tecnología.
- Una conmemoración de un suceso histórico.
- Un colectivo olvidado, una reivindicación desatendida, una historia de lucha social.
- Una actividad económica, una profesión en la actualidad.
- Un problema que afecte a muchas personas (subida de la luz, escasez de pisos en alquiler, etc).

Los pasos para elaborar tu reportaje:

1. **Documéntate:** es decir, recoge toda la información disponible que puedas reunir sobre el tema elegido.
2. **Profundiza e investiga:** procura averiguar datos, anécdotas o hechos relacionados con el tema que nadie antes haya abordado.

3. **Contrasta:** asegúrate de que tus fuentes son fiables. Si un dato lo encuentras solo en una fuente y se contradice en todas las demás, deberías desecharlo. Desconfía de las informaciones procedentes de personas que tienen una clara intención de atacar a determinados colectivos o poderes, de convencer sobre ideas extremistas, de ensuciar la reputación de personalidades públicas...
4. **Redacta y firma:** estructura todos los datos recopilados e investigados en varios apartados que se correspondan con los subtemas de tu texto. Evita los juicios personales, y procura que el texto tenga coherencia, sentido narrativo y un significado para el lector. Al final, ¡no te olvides de firmarlo!

Atrévete con una entrevista

Una entrevista es un texto que recoge un diálogo entre el entrevistador y una persona relevante.

Existen dos tipos de entrevistas:

- Las que se le realizan a un experto o experta en un tema para profundizar en esa materia gracias a sus conocimientos (por ejemplo, una entrevista a un general sobre lo que puede ocurrir en una determinada guerra, una entrevista a un psicólogo sobre los efectos de los videojuegos en la salud mental infantil, etc).
- Las que se realizan a una personalidad para conocerla mejor y obtener revelaciones sobre su vida, su forma de pensar, etc.

Consejos para realizar una entrevista:

- Infórmate sobre la persona a quien vas a entrevistar. No le preguntes cosas obvias que cualquiera puede encontrar en internet sobre su vida. Céntrate en aspectos novedosos o interesantes.

- Muéstrate respetuoso con las opiniones y creencias de la persona entrevistada, aunque no coincidan con las tuyas.

- No publiques nada que te haya sido confiado «off de record» (es decir, con la advertencia expresa de que no se debe publicar).

- Prepara bien tus preguntas y recoge de manera fiel las respuestas. Pero, si se te ocurre una buena pregunta sobre la marcha, escuchando a tu entrevistado, ¡no dudes en improvisar!

La columna

Una **columna** es un texto en el que puedes dar tus argumentos y tu interpretación sobre algún suceso o circunstancia de la actualidad. Se trata de textos breves en los que se exponen diferentes ideas y argumentos, por lo que es extremadamente importante estructurarlos bien.

Para ello, pueden servirte estos consejos:

1. Escribe un **guion** indicando las ideas principales de tu columna.
2. **Organiza** esas ideas de manera que unas conduzcan a otras. Enlázalas con argumentos.
3. Comienza la **redacción** de tu texto con una breve exposición del tema sobre el que vas a reflexionar.
4. A continuación, puedes **exponer** distintas visiones de ese problema y los argumentos sobre los que se apoyan.
5. Seguidamente puedes aportar tu visión y **justificarla** con ideas o argumentos.

6. Puedes apoyar tus **argumentos** con ejemplos particulares, anécdotas, cifras, opiniones de otras personas...

7. También puedes incluir algún **contraargumento** contra tus ideas y rebatirlo.

8. **Termina** el texto con un párrafo que resuma la relación entre todas las ideas de la columna y finalice con una conclusión.

La crónica

La crónica es un artículo firmado por un periodista que informa desde el lugar de los acontecimientos. Este tipo de artículo suele tener una extensión intermedia entre la noticia y el reportaje. El autor comienza informando sobre los hechos objetivos relacionados con los sucesos que ha investigado, y puede continuar entremezclando la información con sus propias interpretaciones o con testimonios de testigos de los hechos.

La crónica es un género mixto porque mezcla la información con la interpretación y la opinión. Normalmente están escritas en un estilo más libre que las noticias o los reportajes. A menudo son narraciones en primera persona del periodista que las firma.

Se pueden escribir crónicas sobre diferentes sucesos de actualidad: una fiesta popular, un acontecimiento político, cultural o deportivo, una manifestación, un viaje, o incluso un suceso.

Consejos para escribir una crónica:

- Estructura bien todos los elementos del texto, entremezclando los informativos y los argumentativos.
- Argumenta bien tus opiniones y apóyalas con datos.
- Utiliza una narración cronológica de los hechos o una estructura de pirámide invertida (los hechos principales al principio y las anécdotas al final).

La crítica

Una crítica es un artículo sobre un acontecimiento cultural: la publicación de un libro, la inauguración de una exposición, el estreno de una película, una obra teatral, un concierto, etc. En estos textos se entrelaza la información objetiva sobre la obra o el acontecimiento abordado con valoraciones por parte del crítico.

Un crítico es un especialista en el ámbito cultural sobre el que escribe. Hay críticos musicales, teatrales, artísticos, literarios, cinematográficos, televisivos... incluso de ajedrez.

La opinión sobre la obra es subjetiva, pero debe estar bien fundamentada y, a la hora de exponerla, el crítico debe apoyarla con argumentos que el lector pueda comprender.

La diferencia entre críticas y reseñas

Los textos digitales o en papel que se limitan a informar sobre una obra o un hecho cultural sin entrar a valorarlo se llaman **reseñas.** No deben confundirse con las críticas, que incluyen una valoración.

Consejos a la hora de escribir una crítica:

- Intenta ser constructivo, incluso cuando algunas de tus valoraciones sean negativas.
- No te dejes llevar por los prejuicios ni por otras opiniones que hayas leído sobre la obra que estás comentando.
- No incluyas comentarios peyorativos ni despectivos hacia los artistas, autores o músicos. Critica con respeto.
- Procura ofrecer a los lectores opciones que te gusten. Probablemente lo que están buscando es una recomendación sobre contenidos culturales de calidad.

Organizando vuestro periódico

Cuando ya tengáis todos los artículos de vuestro periódico, necesitaréis distribuir los distintos textos en las páginas ordenándolos por secciones.

La primera plana es la página frontal del periódico y debe mostrar las noticias más relevantes.

Las primeras páginas interiores suelen dedicarse a los artículos de opinión: editoriales y columnas.

A continuación figuran las distintas **secciones del periódico,** que pueden ordenarse de la siguiente manera: información nacional, información internacional, información local, sociedad, economía, medio ambiente, ciencia, cultura, deportes.

Antes de montar la información, decidid los titulares y destacados que van a acompañar a cada artículo, así como los elementos gráficos (fotografías, dibujos, mapas, esquemas, etc). No olvidéis consignar los derechos de autor de todos estos elementos, y no los utilicéis si no tenéis permiso, a menos que sean de libre acceso.

Si vuestro periódico es digital, tendréis que estructurarlo en las mismas secciones que un periódico de papel. Es importante que estas secciones aparezcan en el menú principal de la página de inicio de la web del periódico. Una forma sencilla de hacerlo es utilizar una plantilla de prensa en WordPress con los menús que incluye.

Recordad también que un periódico digital es un **hipertexto.** Utilizad este recurso para que algunas palabras clave sirvan de enlace que, al pinchar, permita acceder a informaciones relacionadas.

Últimos trucos

Para distribuir los artículos en vuestro periódico en función de su importancia, podéis utilizar los mismos trucos que utilizan los maquetadores de prensa profesionales:

- Situad las noticias que queráis destacar más en las páginas impares, y las menos importantes en las pares.
- Dentro de una misma página, poned en la parte de arriba las noticias más importantes y en la de abajo las menos importantes.
- Los textos que reciben más atención en cada mitad de la página son los que están en el centro, seguido de los que están hacia el exterior de la página. Las columnas que quedan en la parte interior de la página suscitan menos interés.
- Un artículo recibirá más atención del lector cuantas más columnas ocupe. Una noticia a cuatro columnas captará enseguida el interés, mientras que si tiene una sola columna puede pasar desapercibida.
- Resaltad los artículos más importantes con titulares más grandes y llamativos. También podéis incluir destacados (extractos del artículo con un tamaño de letra más grande y maquetados para llamar la atención) y subtítulos.
- Cuantos más elementos gráficos incluya una noticia (fotos, mapas, dibujos, etc) más atraerá la mirada del lector.

Un último consejo: si tenéis espacio, enriqueced vuestro periódico con viñetas satíricas. ¡El humor gráfico sigue siendo uno de los grandes atractivos de la prensa, tanto en papel como en digital!